心上的极光

纪洪平 ◎ 著

长春出版社
全国百佳图书出版单位

图书在版编目（CIP）数据

心上的极光 / 纪洪平著. -- 长春：长春出版社，2025.1. -- ISBN 978-7-5445-7638-3

Ⅰ.I227

中国国家版本馆CIP数据核字第2024MQ1444号

心上的极光

著　　者　纪洪平
责任编辑　陈晓雷　周哲涵
封面设计　宁荣刚

出版发行　长春出版社
总 编 室　0431-88563443
市场营销　0431-88561180
网络营销　0431-88587345
地　　址　吉林省长春市南关区长春大街309号
邮　　编　130041
网　　址　www.cccbs.net

制　　版　长春出版社美术设计制作中心
印　　刷　长春天行健印刷有限公司

开　　本　880mm×1230mm　1/32
字　　数　260千字
印　　张　10.375
版　　次　2025年1月第1版
印　　次　2025年1月第1次印刷
定　　价　59.80元

版权所有　盗版必究
如有图书质量问题，请联系印厂调换　联系电话：0431-84485611

目　录

第一辑　为　你

江北有个女孩儿 / 2

小城的一个下午 / 9

当爱已远去 / 11

我就在这一刻开放 / 13

这个秋日的下午 / 14

为　你 / 16

相信爱情 / 18

所有欢乐抵不过离别那一刻 / 20

我的母亲 / 21

与她相遇 / 23

往事擦肩而过 / 25

我曾经那么深情地爱你 / 27

冬　至 / 29

爱情下半场 / 31

谢谢你深情地看了我 / 32

可卿殇曲 / 34

王府井大街 / 37

有一种绝伦的美 / 39

风　景 / 41

对　面 / 42

第二辑　那一片山水

查　干　湖 / 46

可以揉碎的历史 / 48

春捺钵与海东青 / 50

把一座山装在心里 / 52

香港街头的消夜 / 54

澳门的小巷 / 56

与海做一次交谈 / 58

扎兰芬围之夜 / 60

酒后归来 / 62

春节在海南 / 64

海南的大年初一 / 66

三亚一日 / 67

我在三亚等你 / 69

龙　栖　湾 / 71

山中静思 / 72

嗜睡海南 / 74

写不出好诗的时候 / 76

北　镇 / 78

谁在牛河梁 / 80

宁远　宁远 / 82

冰雪长白山 / 84

一首诗藏在大山里 / 87

向海　向海 / 89

上京　上京 / 91

南昌机场 / 94

他乡的夜晚 / 96

四平　四平 / 98

去　农　安 / 100

月　牙　泉 / 102

里格村是泸沽湖的诗眼 / 104

第三辑　一腔情怀

长春轨道之歌 / 106

车过沈阳 / 108

迎面相撞 / 110

解放立交桥 / 112

住在秋天的忧伤里 / 114

这时候想一个人 / 115

变颜变色 / 117

我不可能活得那么坚定 / 118

一片秋叶落进生命里 / 120

坐在高铁的速度里 / 122

夏日征文 / 125

爱，已寂寞如诗 / 127

清　晨 / 129

深　秋 / 130

写给未来 / 131

中华奇人 / 133

我　是　星 / 135

我的豆包亲戚 / 139

被大雪掩盖的一场历史 / 141

陷入温柔的城市 / 143

致　友　人 / 145

今夜月圆 / 147

楚国故事 / 149

有个姑娘好可爱 / 151

杨　靖　宇 / 152

李白你好 / 154

谒　萧　红 / 157

千年杜甫 / 159

辽金时光 / 161

在春天的楼下歌唱 / 163

油菜花开 / 165

新年寄语 / 167

冬　日 / 169

心上的极光 / 171

时光上的拱桥 / 173

时光照进小巷 / 174

第四辑　不用读懂所有的爱

日子周围铺满了宣纸 / 176

我们今生只有一面之缘 / 178

黑　洞 / 180

在公交车里读小说 / 181

没必要等到死后飞翔 / 183

星期五在医院 / 185

我一次次放过自己 / 187

记忆中的那一次奢侈 / 188

我的爱在高楼之巅 / 190

女　病　房 / 193

生命里的火车 / 196

暑假送叔叔去小站 / 198

二大爷的火车 / 200

公交车站 / 203

半夜里的电话 / 205

初到深圳 / 206

深圳有个好兄弟 / 208

那个老乡消失在深圳 / 210

深圳，说声爱你不容易 / 213

东北人才 / 215

那一年桃花落 / 217

妻子为我做晚饭 / 218

缺　口 / 220

我要和春天站在一起 / 222

想起老何 / 225

阳光明媚的一天 / 227

睡下铺的男孩 / 229

有个人一直藏在身体里 / 231

大年初一 / 233

赴　晚　宴 / 235

忽然间就思绪万千 / 237

黑暗呼啸而来 / 239

躺在阳光下 / 241

大年初四的夜晚 / 243

站在昔日旧楼下 / 245

时常触摸空洞 / 247

与那些死去的人度过短暂时光 / 249

一个梨子的认识 / 251

城市被晨雾遮住了身体 / 252

欧洲海岸的小巷 / 254

火车逃离夜的追逐 / 256

穿过昔日的大街 / 258

城里的稻草人 / 259

从医院出来 / 260

五行之木 / 262

丹　顶　鹤 / 264

光影世界 / 266

候车大厅 / 269

青铜里的爱情 / 271

第五辑　生命的金属光泽

流水线上，我是一件工具 / 274

一辆车上的小部件 / 276

背靠厂房 / 278

天空飘着细密的粉尘 / 280

往事散落工厂的中央大道 / 282

女青工的爱情 / 284

退休后的总师 / 286

免费的午餐 / 288

嘴里的辉煌 / 290

东北：生命里的工厂 / 292

一个受伤的青工看急诊 / 297

救护车呼啸而至 / 299

人来人往的就诊大厅 / 301

在医院碰见熟人 / 303

从这里出去的婴儿 / 305

我的左邻右舍 / 306

呼吸急促 / 310

暮　色 / 315

第一辑

为 你

江北有个女孩儿

一

隔江相望了那么久,最后一朵桃花忍不住也凋零了
我伸出的手无法阻止红颜老去
滔滔江水日夜不息,把时间冲刷得十分纯粹
她开始一叶渡江
没有丝毫拖泥带水,只有传说和吟诵
轻轻飘落江面之上
音乐穿过晨雾,缓慢到达江心
粼粼波光让完整的历史散碎成银
我面对她
感觉一江之水在她体内奔腾

二

她的美,被一江之隔
远山近水就这样无限江山
我隐隐约约看见少年的心,不断惊涛拍岸
顺江而下的年华已是落英缤纷
美丽居住江对面
构成一幅时代风景
那年中秋,一个人的春江花月夜,独自委婉
大唐的丝竹摇曳风中,她的美已经细如发丝
我的爱抽象成来自心底的一支长歌

三

三千弱水,我只取一瓢有她倒影的痛饮
于是,我腹内就有了湍急的江水、游动的鱼
和稀疏的水草
她完美的影子不会折射弯曲
没人相信一条江会安静地在一个胃里流淌
时光就这样被慢慢消化
我身体里的水,酝酿史上最大的海上灾难

没有人能从水面振翅高飞
不是尘世的引力过大,只因我们的贪恋太重
把美全部融进血液里,一条江就会变红
直到染成相思的颜色
满眼日暮苍茫

四

她真实存在,整条江为存在的激情翻滚升腾
我站在江边,很难全神贯注去遥想公瑾当年
我只关心小乔如何出嫁了
迎亲的队伍怎样渡过了江水,让我的少年时代灰飞
　　烟灭
故垒西边,对岸正是华灯初上
她一袭长裙走过黄昏中的自己
每一步,都在放大属于我的逝水年华
今夜无眠,今夜繁星点点
照亮思想的各个角落
我看见她徘徊在宋词深处
夜空,因为一个人的情怀,寂寥得如此广阔

五

一场大雨不期而至，江水暴涨，仿佛远古洪荒
我想象一只庞大的方舟，载走两岸惊慌的景色
她的镇定让恐惧成为另一种美丽
我躲进一个原始居民的身躯里，打量这场大雨
潮湿的空气，发霉的兽皮，篝火上散发遥远的气息
她是不是我跨越万水千山一路追寻千年的情人？
一条突然溢满水的江，淹平了世界，这是我与她最
　　近的距离
她苗条的身材令人垂涎欲滴，很像一头炙烤后泛油
　　的麋鹿
一旦吃进温暖的肚子里
那种欢快可以抵达天人合一

六

其实，我的青春期，一直在寻找可以渡江的方式
窗下守候，人海寻觅，桥上偶遇
寂寞的油纸伞，撑不开结着丁香一样的愁怨
她每一次出现都让平凡的日子有了经典的气质

多年以后我才明白，自己为一种味道苦苦寻觅

登高远看江对岸

守望前世今生的记忆

在生命最灿烂的季节我终于迷失了自己

回归路上，她依然勃勃生机，成了整座城市的坐标系

七

就这样拥梦入怀，没有了心的距离

梦与梦重叠之后露出一片蔚蓝天空

我常常迷离，仰望的白云总是没有了最后消息

难道与她重合一起就会消失自己？

或许，她成了我灵魂的一部分，连我也无法区别

江水依旧，对岸的风光里少了可以游走的部分

我想拆开自己，找出属于她的那份独立

可是爱已锈蚀，强行清除会让一切成屑归于泥土

那就把印象留在对岸，任岁月斑驳下去

千疮百孔应该是一颗心的最好归宿

八

很长时间我忽略了两岸细微的时差

晨钟暮鼓，敲打出春华秋实，岁月微微震颤

雕梁画栋，映衬着高楼大厦，气势恢宏晕眩

一切改变都是地覆天翻

惶恐还没说出口就被彻底深埋

一江隔开古韵与现代，隔开我和我的灵魂

我不再与她纠结，我与自己过意不去

揪住人生的一个过错就决不放手，直到问疯了无数
   清白的日子

那么多往事倏然过去，好像只留下波澜不惊

从对岸匆匆返回，重新确定她的位置

有了她，以及江水两侧的距离做参照

我才弄清了所有关系

九

燃一支心香，缥缈思绪，释放尘封太久的灵犀

她的美丽遮蔽了那道闪光的东西

无法穿越的，是欺骗内心的双眼，错觉往往孤独求败

在没有传说的年代，我从理想中奋力挣脱出来

看千古的禅意，如何青烟缭绕散淡终极哲理

即使一辈子在江边坚守固立照样斗转星移

每棵菩提树下,都由慧根连着一个脏器,鲜活而且
　　有力
叩问从未停止,直到她的样子地老天荒,找不到人
　　间痕迹
我还是知道她转世轮回之后依然飘逸
有一种亭亭玉立永远无谓地进行着超凡脱俗的努力

十

万条江河归大海,一路蜿蜒,曲折两岸风光
踏歌声断断续续沿全唐诗奔流向东
轻舟越峡,一日千里,豪气回荡天际
冲天的壮志足以让历史陷入长久的沉思
江北的女孩儿接到不老的通知
她是否珍惜,一江隔断的苦苦相思
我终将老去,留下曾经青春无比的一条江
向着心爱的人第二次勇敢蹚去
踏过潼关的青牛,拉着圣人周游列国的车,来到江
　　边立地成佛
江南江北一片惆怅的春色

小城的一个下午

这是一座藏在大山的小城
被初春的寂寞包围着
我刚从长途汽车下来
马上又被小城包围

客运站广场
在阳光下也很安静
同一车到达的人们
瞬间融化在春光里

我张望着陌生的四周
直到一个熟悉的声音来接我
她还是那样漂亮
与小城一样楚楚动人

这个下午很平凡
我们在一家纯正的朝鲜餐馆
谈着一个好奇的近邻国家
还有饮食男女

当爱已远去

我就坐在阳光下
听所有脚步声踩过心头

熟悉的不熟悉的
幼小的健壮的衰老的
从时间的各个角落里跑出来
一遍一遍
不由分说

我从没当过将军
根本指挥不了万马奔腾的气势
但穿越的时光做到了
无数经历被重叠、交织在一起

我有足够的耐心
分辨已经过去的声音

留下来的都是最精彩的部分
人生由一些闪光的碎片拼凑起来
与当时的天气也有关
所以记忆中的画面
黑白的彩色的
清晰的模糊的

当爱已远去
心，却一直留在原地

我就在这一刻开放

信不信由你,我们来到世上就为这一刻
虽然我已经满身疲惫,兜里没剩下多少欢乐
何况,冬天还躲在阴暗的角落
归燕的情歌,未唱出口,就感觉格外生涩

可是,我知道,我一直在等待这一刻
只有这一刻,生命蓦然绽放,驱走所有的寂寞
那么漫长的冬夜,脑子一片茫茫景色
面对极度严寒,什么性格才算不软弱

怀揣那一刻,再多的坎坷我都能走过
虽然那一刻绚烂之后,还有更多的失落
可是,我的爱已彻底释放,无愧整个春天的沉默

这个秋日的下午

我和她就这样穿过熙熙攘攘的街头
说是找一家咖啡店
彼此心照不宣,有些话,刚才吃饭时没说出来
担心说出来会没了滋味

她紧紧挨着我,好像害怕在人海中丢失
这样的距离
很容易跟音乐声和叫卖声擦肩而过
她很漂亮,那气质,整座城市都挺难彻底包括
一路向北
我和她都在寻找属于自己的一个下午

五年前,我们并不相识,因为文学
就是所谓的诗与远方
让她今天特意从外地再次来看我
现实比较琐碎,她谨慎地回避容易扎破的生活
拥挤的都市,林林总总的欲望商场
除了买卖,没有人特意跑出来抬头看深蓝的秋天
我不知道可不可以
她和我这样一直走丢了这个下午

为 你

明明知道,你我之间
隔了一条河,隔了一座山
可是,隔不住我寂寞成片
我轻轻铺开春天
为你写下如花的诗篇

明明知道,小小纸笺
写不出你容颜,写不尽你委婉
只好一个人走进顾影自怜
那山那水那一年
一字一句刻下我的思念

明明知道,多少春天
也等不到你再次出现
昔日情感,转眼万年
把一声感叹
埋进字里行间
也许,会有一天
往日重来
一首诗,唤醒了人间

相信爱情

如果不相信爱情
我就不会来这娑婆世界
从遥远星空，长途跋涉
再到忍受寂寞怀胎十月
从步履蹒跚，牙牙学语
到人海茫茫穿过无数黑夜
只为找到你
说一声谢谢

如果相信爱情
就会知道爱情也有时间和季节
只要今生有约，爱，
敢在银河书写

为了这一天
我那疲惫不堪的爱
依然不会被省略

爱情到底什么样子
爱情到底呈现哪种颜色
爱情到底有何气味
爱情到底是不是传说
爱情到底能保存几个月
如果相信未来，就请相信爱情
虽然我还没找到
所有人都相信
爱情地老天荒绵绵无绝

所有欢乐抵不过离别那一刻

还有什么能从我的身上卸下去

心,已经给你了
爱,也深藏其中
唯有那一缕魂魄
开始了悠悠荡荡的流浪

端着沉重往事
稍不用力就可能失手
其实我此刻已粉身碎骨
凭借远去的双脚
轻飘飘走向孤独

我的母亲

母亲走了
走的很艰难,也很沉重
她带走了所有黄昏
包括那一声声熟悉的呼唤

即使过去了很多年
我依然不敢轻易触摸母亲的一生
害怕她那漫长沉默的爱
不小心被我翻出来
又无处安放

如今怎么也想不起母亲骂过谁
更别说动手打我

所以我的痛无法在表面上体现出来
朴实的母亲一点也舍不得浪漫
这次她藏猫猫躲起来
任凭我像儿时一样拼命哭喊
就是不肯再出现

母亲真的走了
走了这么多年
现在到没到家呢

与她相遇

我双手插进裤兜
用全部剩余的精力凝视她
那种百年以上的目光
会轻易穿透她单薄的记忆

没想起我吗
那时,我参与了变法
失败后躺在大烟馆吞云吐雾
任由一腔忧国忧民,灰飞烟灭

还没想起来吗
我从帝都的京华春梦旁边走过
她伫立青楼张望
望见一座旧城的缕缕情愁

她不该相信书生

不该相信文字上了公车，就能殿前行走

那些竖版文言文，夹杂着新时代

背后留下一片凄风苦雨

让她独坐黄昏

真的还没想起我来吗

脸上的酒窝，嘴角的痣

还有被洗掉颜色的时光

我一眼就认出了她的绝美

认出了她对这个世间惯用的态度

什么叫一见钟情

其实，那是五百年前的约定

往事擦肩而过

那一瞬间也充满了文化气息
所谓白驹过隙
就像我从高楼下来在他身边飞速而过
宛如从一本很旧的书里
随手翻出印象模糊的情节
当时,我怔了一下
马上意识到他是个熟人
而且曾经很熟很熟,知道他家门牌号
知道他爱人喜欢吃什么土特产
也知道他钟情于哪个女作者

可是,我没把他认出来
甚至骑着白驹头也没回

他已经很瘦小了

小到只有这样白色的马

能穿过他的情怀

昔日威猛飘逸的长发、宽厚沉闷的胸膛

统统不见了

连当年的身高

也被锋利的岁月削掉了一大截

复原，多么需要想象力

需要把残破的往事

堆到一个人身上

然后，看他如何再变成似曾相识的人

我曾经那么深情地爱你

你或许离我的故乡很近
其实就住在我少年时代的隔壁
每个清晨，都能看见你站在阳台
一边梳理长发，一边打量美好时光

阳台那么小，仿佛挂在蓝天之上
或许真正的爱情都这般仰望
你是那么年轻
浑身散发青苹果味道的光芒
整个年代甘愿为你亮丽的青春而简朴
我穿着哥哥的旧衣裳
看你崭新洁白的衬衫，将天空映衬得格外湛蓝

多年以后我才明白，那时候
抬头就能看见爱情的颜色
我和你之间，隔着一件薄薄的衬衫
这衣衫一直穿在时间的身上
岁月越洗越白
后来，天不再那样蔚蓝，不再那样深情
我走过的小巷已经斑驳
那座阳台守在记忆的路口
故乡很近很近，依然人来人往

冬 至

这一天,朋友从哈尔滨来
从一个更寒冷的城市来看我
他没在意,今天是全年最黑暗漫长的一天
他一脚踏进来时,整座城市正在灯火辉煌
我们找了一个小店,等另一个朋友赶过来与文学碰面
酒喝起来后,才渐渐走进漫漫冬夜
走进童话后又迅速迷途知返
后来发现这家小店饺子早已卖完
我们端着烫好的酒,又去另一家饺子馆
这家饺子馆,人比饺子还多
好容易找到一个位置,邻桌是几个年轻人
其实除了我们仨
今晚的食客都很年轻,都像刚出锅的饺子,又香又烫

尤其邻桌那个漂亮女孩儿
我不知道她的思想今晚用什么馅做的
她由里向外的笑容，就是我经历的所有美好
在冬日的小小饺子馆
我一遍遍打量她，希望这个寒夜再漫长些
终于，她们走了，留下一大堆空酒瓶
曾经热闹的生活一下空洞起来
让我后来的文字，一出门就瑟瑟发抖

爱情下半场

从她的外表,我一直猜测她躲在衣服里的灵魂
就像看见了春天一定要观察那朵玫瑰的花蕊
她的微笑很美也很甜,只有内心不顾一切地开放
才可能拥有这样绝望的完美
我不敢轻易触碰,害怕花蕊一样沾满双手
更害怕她积攒多年的微笑一触即化
谜底其实还是她自己打开的
美丽的心灵装在这样的身材里
匀称优美,死活也不肯让岁月扭曲
所有的沧桑经历都被她散发的阳光顶撞了回去
她以一个魔术把给时间给耍了
我相信她是命里注定躲不开的风景,就像她相信今生
迟早还有一场刻骨铭心的爱情

谢谢你深情地看了我

你坐在车里
我走在八月喧嚣的街头
不一样的速度
在拐弯一刻,也有了瞬间迟疑

你是那么陌生却又那么美丽
灿烂笑容很容易被车窗牢牢固定
我仰望灰蒙蒙的天空
发现所有的花儿都已开得疲倦
你深情看了我
仿佛打量这个即将忧伤的季节
我却感受了阳光
准备用一生的力量绽放

起伏的长街望不到尽头
城市如此庞大
只为容纳下你清澈善良的眼神

不知有意无意
谢谢你深情看了我
看到我内心深处
也有牢牢固定的美丽

可卿殇曲

为了一场梦而来
本想说出世间情爱
可是,早也没来,晚也没来
来时红楼大门正缓缓打开
她不是主角
却允许她的故事,不打招呼
直接走进来

面对一座庭院深深的府宅
面对一个等级森严的王朝
所有的努力,唯有化作一腔情怀
她的柔美,刚一出现
就诱惑了整整一个时代

春风吹落了多少时光,来不及收拾
葬花词已被掩埋
千古爱情之外,还有空白

来时一片晴空万里
走后无限寂寞河山
已经爱了不该爱
还想让她怎样乖
人间情,深似海
所有情债难道让她一人安排?
带走一切谜底决不将内心出卖
一个吹弹可破的故事
谁肯为她感慨
回首当初那些嫣然笑
早已化作西天的云彩

袅娜香魂归何处
警幻仙子早已说明白
大荒山,在塞外
云蒸霞蔚气象万千

又曰这险峻奇峰为长白
多少痴男怨女
多少家国兴亡
如疾风迅马，过眼云烟
方赢得这紫气东来

一座红楼，到底能装下多少梦
一场梦到底能让多少青春容颜不改
梦就梦了
哪怕一生不再醒来
爱就爱了
付出了真情莫问应该不应该

王府井大街

每次来北京,都要留出一段宽阔的时间
我舍不得消费北京时间
但这条街的名字,值得我买回来
那时还是绿皮火车,故乡被放置的太远
北京成为一种象征
一定要给母亲捎回点喜悦

记得第一次在北京百货大楼,给母亲买了一双布鞋
穿出去之后,邻居啧啧称赞
母亲便不再穿,怕踩坏了这布做的幸福
再来又买了衣裳,母亲依然喜欢
试试就放在了箱底
她觉得把北京收藏起来,等个好日子,穿上也会放光芒

可过了几年母亲病倒了,卧床不起
我再来这里,不知该买什么
北京特产母亲吃不了几口
我只好带一座空城回来
又过了几年,母亲走了
再来北京,我特意走在这条街上
用那双布鞋来回重复时光
发现有种痛,永远停在了北京时间

有一种绝伦的美

她是初中三年转到我们班的
犹如一道光,照亮了低矮的教室
她不肯多说话,像玻璃柜中的精美瓷器
据说她父亲是军人
也不知什么原因,安排她来工人子弟校读书
她让那个寂寞苍白的年代,有了青春血色
尽管下个学期她就随父母回了四川

多年以后,同学聚会
唯一跟她有联系的女同学说
她已在十年前死于车祸
从东北回到四川,她的美经受了地理考验
可那光芒四射的生命,却没能绕过历史的弯道

想起她英气逼人的样子，我不禁又屏住了呼吸

风 景

厂区有座阳台,也是当年苏联援建的
不知这户人家来自哪个省
有个南方模样的少女,常常安静地在阳台上看书
白云经她翻阅后,停在了蓝天上

我望了整整一个少年时代
始终猜不透她看了什么着迷故事
很多年过去,走遍了山山水水
她的样子还留在阳台上
时间仿佛被夹进了书里,看也看不完

对　面

她和她的青春美貌一起，坐在我对面
中间隔着动车的小桌板
列车很快，只带走了我的时间
桌板很窄，目光一步就能跨过去

我偷偷翻阅她藏在脸上的历史
她真的太年轻了，历史很短
短到她只会看自己
有首诗，紧紧跟在车厢后奔跑

春天很远，我与未来中间缺一座廊桥
爱情熟透了可以遗忘
梦想还得渡过桥去

对岸,仿佛一直有美好的东西
正不停地闪闪放光

第二辑
那一片山水

查 干 湖

被一曲马头琴断断续续传送过来
千里忧伤,因为颠簸模糊了昔日印象
多少辉煌像一阵清风,从大路两旁吹过
一旦踏上这片青青草原,那遥远的记忆就早已脱缰
奔腾的骏马,剽悍的民族
我此时的思考是一柄套马杆
捉住历史的瞬间就不肯放手

查干湖,查干淖尔
位于吉林偏僻的西北
被现代诗歌从中国地理中深度挖掘出来
赞美之词如湖中的鱼,种类繁多且味道鲜美
一个在湖边长大的诗人

用自己的想象完成了一次创作
全国许多名声响亮的诗人被他的创意吸引
纷纷将璀璨的诗句，镶嵌在查干淖尔的夜空
似乎一夜之间，这里的传说因为诗歌全部复活！

我站在湖岸集中精力
把成吉思汗、孝庄皇后与皇太极等有关内容，奋力
　　抛入湖中
让一轮轮荡漾的涟漪，渐次展开故事情节
周围不远处一台台小型采油机
和展馆里的猛犸象们，仿佛已经对峙了千万年
也许，这里确实存在一些不为人知的秘密
查干湖到底是否比诗歌还美
我觉得是想象加上传说，还有这一湖热情的水

可以揉碎的历史

把一湖水煮开了,大地就飘散着鲜美的味道
一堆篝火,吸引了黑夜无数双眼睛
一个民族又一个民族围拢过来
都想把整座湖水,灌满饥肠辘辘的日子
每一次征服,每一次屠杀
都载歌载舞,像一个个盛大节日

把一湖水煮开了,然后一饮而尽
这样的胃口,难免气吞山河
半生不熟的肉,可以强壮勇士的臂和心
也能让精美华丽的中原王朝,难以消化

把一湖水煮开了，可以涮一涮历史

从辽到金再到元，过渡紧密自然

蒙古人的天下，藏人做了国师，还创建八思巴文

契丹人攻占之地汉人可以凭官印来换官

战争，在马背民族看来，更像一场狩猎和原始贸易

把一湖水煮开了，千万年的时光

让无数英雄赴汤蹈火驰骋天下，刀光剑影之后

总有大片宁静的时光飘在湖面

周围散落着五谷丰登，还有遍地牛羊

只有这样的一湖沸水，煮尽了人间沧桑味道

春捺钵与海东青

眯缝起眼睛瞄准,猎物停在射程之内屏住了呼吸
积雪很厚,弓弦响处,声声绝望的凄厉
让湖中的鱼群不安,一队队辽兵凿薄了冰面
久违的阳光散发温暖的味道
一个规格很高的陷阱,在等那条头鱼
大辽皇帝很朴素
用自己亲手捕捉的鱼款待臣下和藩属
行宫也很简陋,扎在湖畔或冰面,虽然远离温柔乡
可当他把低下的目光从湖里捞出来,仰望苍穹时
发现最美的雄鹰,并不盘旋在自己的头上
那是完颜部落一个叫阿骨打的酋长
手上落着白色海东青
除了进贡这种神奇的鹰,还有女人和无尽的徭役

契丹人回报的常常是皮鞭

每年的春捺钵

皇帝赏赐的头鱼宴,都让阿骨打如鲠在喉

他鹰一样的眼睛让辽国人心惊

有人建议杀掉他

辽国皇帝眯缝眼睛看他像个英雄,就摆了摆手

这个优美的动作刚停下,大金国迅速席卷了历史……

把一座山装在心里

如果真放进去了那就一定能够承受
沉重的思想,会将一切轻轻悟透
晨钟暮鼓敲了一遍又一遍
周围的景色已经悠扬了几度春秋

我知道烦恼像尘埃擦光了还会落下来
虽然时时勤拂拭,滚滚红尘依旧
索性就让这尘土堆积成山吧
只要这山上有观音,慧根终将厚土穿透

从此,我心里有一座高山超过珠穆朗玛
袅袅青烟一路净化之后
看世间是是非非不断生长繁茂
及时放下是到达顶峰的捷径,拐杖如咒

明知道菩萨的慈悲遍布宇宙
仍将她作为一个人放在自己的心里头
那种温暖正是人间的万家灯火
佛光普照，人人都因为爱变得无比富有

我每天都向自己的内心跋涉
走进一座山需要今生的一场邂逅
不再迷茫一定就发生在这场邂逅不久
一颗心里头，只见不废江河万古流

香港街头的消夜

也许,只有这种进入脾胃的方式
才能品出香港真正的味道

一场战争,硝烟在十字路口散去

支付港币炒出的中国菜
火候刚刚好
冰镇啤酒似乎加了鸦片
过足了瘾,大致需要一百年

眼前的景象非常容易让我产生错觉

一会儿香港,一会儿如故乡
许多港片里的依稀画面
被疾驰而去的车载走
行驶了一段,又丢在下一个路口

这时从店里出来一个洋妞
站在垃圾桶旁抽烟,顺便把笑容
扔到我们的桌上
请她坐一下
她说普通话说不好,那边还有朋友

最后那句英语我听懂了,是谢谢

这舶来的美
是另一种武器
无数时光过去,男人与女人的战争
从开始就没结束

澳门的小巷

看样子很不希望外人过深地进入
临街的旗楼斑斑驳驳
那种发霉的沧桑根本说不出性质

时光唯独在这里被东西方同时丢失
不论大明朝还是葡萄牙的舰队
搁浅于厚重历史的一页插图之中

没人愿意清理炮火结下的恩恩怨怨
广场上的烈日仿佛永远也照不进这里
一切只有发霉才露出本质来

穿过小巷就可以登上大三巴牌坊
一路之上到处有器宇轩昂的大陆游客
那首七子之歌却无一人哼唱

与海做一次交谈

我就这样来了
毫无准备,两手空空
带着一身的疲惫和满脑子的喧嚣
只想看看工业化的尽头
有没有蓝色的想象

城市被打进一只简单的旅行包里
速度也印在车票上
我曾穿越整个大陆去渴望
想想浪花、礁石、帆影
倾诉人与人
满腹的牢骚与牵挂

可是,可是一旦面对大海
没有了语言
也不用思想,甚至省略了想象
那水天一色
写尽了千古文章

扎兰芬围之夜

这个被篝火点燃的夜晚
照亮了皇家围猎时,大清王朝的影子
那猎猎旌旗和弓箭声声
包围了壮丽河山
历史最终成为猎物

我拿着一首诗走近篝火
每个字,都能给这个时代留下烙印
礼花绽开夜幕那一瞬
时空发生了转换
八旗勇士已经放下刀枪
将诗歌团团包围

歌声划破了星空

篝火燃烧了千年，大碗烈酒

让我体内散发北方男儿的豪情

大块烤肉，吊起了诗人

仰仗一支笔敢去问鼎中原的胃口

扎兰芬围，扎兰芬围

遗忘在旧时光里的满族格格

仿佛一袭旗袍

掠过刀光剑影，隐去白山黑水

直入梦中那首词

平平仄，仄仄平

酒后归来

在北京待了几个月
出行习惯了坐地铁
一个人的时候还算惬意
反正自己的内心跟外面一样拥挤

可是,有一次跟同学去喝酒
一起乘地铁回来的还有一位主编
同学是一家大型国企的老总
喜欢指点江山
可惜企业不在北京本地
他在车厢里说话也高高扬着头
嗓音更富磁性,保证列车不会轻易脱轨
那个全国有名的主编

拎着剩了半瓶的茅台酒
像个形迹可疑的外乡人

刚才那家私人会所里展现的儒雅
剩了不到一半
此时，虽然不是很拥挤
我却感到了文字的松懈无力

春节在海南

把年这个怪兽从东北带上飞机
经杭州到深圳再到三亚
一路都没机会放掉
到处皆有年的味道
每个面孔不经意就会泄露它的行踪

我小心翼翼又怀揣欣喜
唯恐一个失礼弄丢中国人的样子
躲到天涯海角
没有了诗意也没有了敌意
甚至没有了任何意义
让生命自然潮汐
低潮和高潮与情绪无关

水天一色,天人合一
凝望异乡山水
容易物我两忘
在年里,危险和欢乐一直不停地包围过来

海南的大年初一

这也是被神话的一个日子
从早晨醒来我就什么全不干
一分一秒体味神性

体味先民在这一天如何敬天敬地敬祖先
乾坤朗朗,大街空空荡荡
人们躲在自己的心里
让这一天不同凡响

电视在歌舞,红包在飞翔
我信步走出历史
走出与古人一样的情怀
无数兴衰
都在一声感慨中

我在三亚等你

我在三亚等你
等一场浪漫相思雨
爱已淅淅沥沥
需要一个意外结局
曾经如此相爱的我们
经过了太多风雨
梦想还能坚持多久
爱情已经远离现实
可我还是相信你
相信山盟海誓

我在三亚等你
等爱走到天涯海角

走到地老天荒
看海枯石烂的奇迹
这就是三亚特有的魅力
爱如大海潮汐
只要坚持心中梦想
爱情就会超越现实
让我在三亚等你
等来意外结局

龙　栖　湾

谁知道龙休息时
会摆一个怎样惬意的姿势

云卷云舒
亿万年的海岸线
一定疲惫了某种时间
神话顺利登陆
很多龙的传人在此嬉戏
整个海湾陷落传说中

仿佛一阵风降临
慵懒的阳光里
埋伏着历史的锋芒
我无意从岸边走过
惊醒了一个伟大时刻

山中静思

真的想好了吗
从今天开始,远离都市,远离喧嚣
远离手机、微信、朋友圈
还有灯红酒绿、纸醉金迷
甚至远离浑身异味、面目模糊的自己

将一颗心带离大厦,带离会议室,带离人际关系
穿过熙熙攘攘的街头
然后推进一辆豪车,沿高速路狂奔
一头冲进大山,冲进石质的、刚刚凝固的世纪

真的想好了吗
面壁十年,漫长寂寞里,除了斗转星移

偶尔听一听小鸟鸣啭，饮几口甘洌清泉
再眺望山川气象
昔日壮志豪情，已如朵朵浮云远去

坐看云起，故乡万里，缥缈人生尽处
唯有一声叹息
晨钟暮鼓，望断天涯归路，高山流水
几多禅意顿悟
倏忽间，世事已百年

真的想好了吗
从现在开始，放下心中的大山，放下尘与土
放下潺潺小溪，放下清澈灵性
甚至放下缥缈云烟，无牵无挂，八方临风
紫金台上，留下一个幻象
几行文字，指向云深何处

嗜睡海南

在海南待久了特别容易犯困
有时明明还清醒
可头一歪,就被椰风穿透了生命

这时我去了哪里
故乡太远,渺小的身体任由大海包围
我漂浮着,时光潋滟
一场世纪酣睡
在毫不知情下发生

没有了车水马龙
没有了焦虑不安
也没有了凌云壮志和斤斤计较

脱胎换骨一样的沉睡
常常是死去活来

每当重返人间
思想已被清除
记忆也水天一色
灵魂空空荡荡
传来久远的回响
我没有选择
再一次交出前世今生

写不出好诗的时候

因为那些好诗,充满了苦难与疼痛
和疼痛产生的病态
仔细看看,全是生活的缺陷

我是个普通人
普通到几乎找不到缺陷
甚至找不到棱角,挂住几行诗句
无非想把平庸的日子过出点诗意
一个人偷偷摆弄激情文字
稍不小心刺破了身体
流出的血,有酒精含量,也有
这个时代堆积的油脂

所以我的血只能平静地鲜红
决不为了迎合诗歌去制造苦难，伪装疼痛
我的幸福就是岁月静好
希望每个人都能活得心平气和

没有了诗歌生命依然越活越深刻
写不出好诗当不了诗人又如何
大不了请诗歌从我的生活中彻底滚蛋

北 镇

从地图上看，北镇很小
小到一把出土的燕王喜的短剑
小到秦军追杀太子丹的传说
小到高句丽兵锋指向幽州的一扇门户
最后，小到大明辽东总兵李成梁府门前的两个石狮子

小小的北镇，很沉很重
稳稳压住了辽阔北方
让一个个暴烈的马上民族在医巫闾山脚安静下来
北镇很小，不想容纳太多的历史
所以北镇的文字很少
寥寥数语，就能打发掉一个铁马金戈的王朝
就连耶律楚材这样的人物

也懒得浪费笔墨
唯恐影响了这里的风景

如果不是乾隆来了四次
抬轿的痕迹深陷石板
北镇，绝不会为一个帝王减轻一分重量

谁在牛河梁

我们冒雨而来
探寻文字被石器砸削之后的样子

山岭依然绵延粗犷
复原的生活玉一样温润
原始神灵竟然那么单纯
信仰经过反复打磨
一旦举过了头顶
激越的舞蹈、熊熊的篝火、众声一片的祈祷
曾经的爱情呼之欲出

一支石镞射中了麋鹿
沿着血迹来到河边

走进灰陶的图案里
那是一个曦光初露的清晨
我亲手把她埋葬
然后用石块垒起来围住时光
穴旁有只麋鹿，和驯化成家畜的猪、羊
她死于难产
历史被卡住了

牛河梁，没有了爱情
不是远走他乡，就是遭到了彻底遗忘
山上山下
头上斗转星移，脚下沧海桑田
穿过蒙蒙细雨呼喊
听到一枚精美玉器的回应
悦耳的爱情
终归抵不住图腾凶猛

宁远　　宁远

我是沿着红衣大炮的弹道疾驰而来
如此速度，还是晚了三百多年
即使今天的智慧全加起来
也左右不了当年炮弹的威力
伤痕累累的历史
很早就被关进一座古城
宁远，宁远

站在城楼下，仰望一个人的高度
八旗兵震天的呐喊
老罕王犀利的愤怒
从他坚毅的目光上，纷纷摔下城去
女儿墙终究抵挡不住岁月汹涌

硝烟散尽,我的双手紧紧攥着落定的尘埃
宁远,宁远

建在明清两代的交汇处
城虽小,稍不注意就能绊倒一个时代
三百里加急的快马,踏过大凌河
溅湿了七尺男儿的书生豪气
刀光剑影中指点江山
怎敢凭一腔热血肝脑涂地
走在一个民族的记忆深处
我看到一地破碎的文字
宁远,宁远

冰雪长白山

如果你有一个洁白的心愿
请在这个季节来看长白山
看一个久违的梦幻
看一个神话,如何就在眼前

一座生长仙草的山,一定住着神仙
住着远古那些看不见的遥远
一场又一场大雪
依然无法将一个又一个传说遮掩
多少故事被神化,多少神话被变成现实
透过茫茫飘雪能看到长白山的委婉
透过茫茫飘雪也能看到长白山的奇险
此时此刻,更容易看到长白山最美的那张脸

在雪中，或许永远分不清

哪些是历史，哪些是传说

只能凭借遥远的记忆，冷静地站在天地之间

长白山，是从神话中找到的真实证据

它高耸入云，接近了苍天

在神话中寂寞太久，渐渐与神话混为一体

让北方浩瀚的历史云舒云卷

所有的辉煌都是过客

谁会相信自己的眼睛？

相信所有的精彩都被神山吸纳了

变成山峦，变成云烟

历史多想浓墨重彩，笔触一旦伸到了山脚下

马上就被冰雪覆盖

一切都恢复了平淡

悠悠岁月，隐藏了长白山的容颜

大自然的鬼斧神工

怎能让柳条禁住色彩斑斓

长白山，满山的神奇要沿着冰雪滑出深山

在一座洁白童话的世界里

从山下向顶峰的神话攀登

然后俯视天池

发现那个神话有一池深不见底的水

水中还有神话在池中出没

让科学也紧张感叹

一片云雾，能将现实虚化

飞雪迎春，谁能躲开今生之缘

来自千古的万丈豪情

在冰雪中时空交错，任斗转星移，与大山纠缠

各种神奇不断上演

即使用一双肉眼，也能看出神奇

看出真正的时间早已晶莹剔透

只需一个优美的转弯

长白山，冰雪长白山

写不完的浪漫

抵达洁白的心愿

感受紫气东来

与自己的梦幻重叠

让新的神话以勃勃生机展现眼前

一首诗藏在大山里

无须翻阅唐诗宋词
张口人人吟唱
千百年来的大山啊
被唱得郁郁葱葱、繁花似锦
不知不觉
唱出了旖旎风光人间仙境

打开中国的黔西南
一幅山水册页,居中巨龙石
伴随着载歌载舞唤醒睡美人
纯美生活,不忘初心
那缠绕群山的情歌
出自洛凡燕子洞

坐唱八音的形式
能把爱,说唱得更透彻
谁要来这里
就能成为一首诗

这是藏在大山深处的诗
被一针一线绣起来
绣出了韵脚,绣出了人生十八景
那喀斯特地貌一样的细节
让诗歌不停地起伏
直到不依不饶

向海　　向海

这是一片退进历史深处的海
不知沉静了多少年
一群群飞鸟，勇敢地冲进了互联网
它们的前世今生
成了中国故事

那时的中国北方一片远古洪荒
无数生生死死，经历着沧海桑田
直到有一天文字到来了
契丹，一个神奇的王朝
一个载歌载舞、旌旗招展的王朝
一个头鱼宴头鹅宴，让四野飘香的王朝
一个四季捺钵，随时接受历史朝拜的王朝

没有人知道，这里曾是大海的一部分
就像没有人知道，这里也曾是辉煌中国的一部分
烟波浩渺之中，以芦苇、飞禽走兽和满腔情怀
展开无尽的苍凉
向海，向海

水光潋滟，时间浮在水面之上
行宫不断移动，不断向生命深处行走
直到硝烟散尽，刀光剑影沉落湖底
再无人来此，也无人打捞自将磨洗认前朝
珍禽们才纷纷大胆地飞出了远古
带着长长的身影，遮住了现代化强劲的风头
直到机器的脚步来到岸边，来到史前
猛犸象、剑齿虎、恐龙正沐浴而出
几声鹤鸣悠悠传来
谁在打量遗失的世界
向海，向海

上京　　上京

金上京位于黑龙江省阿城

距哈尔滨不远，仅一个多小时车程

如今却远离都市繁华

但她离大金国最近

四代金主围绕她谋划天下

其实，她离中原王朝也不远

距大宋的汴京不过几场战役而已

一首《满江红》的词，气壮山河

大金的兵锋开始犹豫不前

江南就这样依旧委婉，历史却已生生折断

巅峰时期的文明成了北方的俘虏

那些高贵的字画誊在织锦绢罗上

写不尽狼烟之下的苍凉

上京，上京

不知那些押解至此的中原歌舞

是否也在上京大放异彩

这里来过大宋的两位皇帝

来过大辽的末代帝王

征服与被征服交织于上京的夜空

北方的粗犷豪迈

一定让宋徽宗的瘦金体缺少了硬度

没人再敢挥毫泼墨

狂欢之后,历史继续向北

向着五国城进发

是否坐井观天,不是上京考虑的问题

海陵王决定迁都

很多大臣都反对,此时辽国灭亡

白色海东青也不见了踪影

金国故地,只剩下一片长久的寂静

完颜亮下令烧毁上京

女真人失去了自己的第一都

女真人南下之后渐渐学会了书法、吟诗

女真人几经兴衰,最终还是败给了时间

就算回到原点,那个叫阿骨打的酋长

还会大摇大摆,走在这狭窄的街道之上
试图振臂高呼吗?
上京,上京

南昌机场

在这里转机需要等候几个小时
时间有点漫长
只要历史能沉住气
我愿意等候那一声著名的枪响

也许和平太久了
从机场到南昌城头
会经过整齐划一的风景
有熟悉的车流、广告牌和一张张严肃的面孔
却怎么也不会找到
一面鲜艳的军旗

血性,会随着时间
一滴一滴流逝吗?
那架深航公司的大客机
终于停在了我的时间出口

他乡的夜晚

夜里行进在他乡
陌生的街道,还有远处漆黑的山水
最可怕还是陌生的口音
听不懂对方,就会把陌生无限放大

刚才在飞机上远离红尘
只想神仙的超凡脱俗,没有去预测人间
天堂就在舱外,隔窗有耳
谁已泄露了天机?
所有的乘客仿佛同时羽化
神情安静,与宇宙融为一体
刚刚回到地面,又纷纷摇身一变
成了寻找烦恼归途的俗人

问出租车司机国际大酒店能有多远
原来这段距离足以适应一座城市的陌生

唯一熟悉不过的就是满眼汉字
于是想起日本，想到汉字被喂了生鱼片
一片营养充足的样子
又替那些汉文化圈的国家叹息
他们放弃了汉字
故意忘了中国往事
如今彼此很陌生
就好像从没让汉字书写过一样

四平　　四平

第一次听到这个名字
是从一个老兵嘴里说出来的
他是我的邻居,那天语气格外凝重
这座城市瞬间就在我脑海里爆炸了
弹片横飞,硝烟弥漫
老兵从此也像一件重武器
让我有了提心吊胆的仰望
四平,四平

二十多年后,我有机会来到这里
尽量摆开双手,以军人的步伐走进历史
我不想寻找英雄
只想替白发苍苍的老母亲找回她的儿子

替年轻的妻子找回新婚的丈夫
替那个刚刚毕业的学生兵
找回报效祖国的梦想
四平，四平

硝烟早已散尽
那座雕像耸立于一个时代的转弯处
其实，四平无险可守
其实，四平一直处于新旧思想交汇的地方
我来，不是为了重温密集的枪炮声
我离开，只因感受到
再一次激越的呼唤
四平，四平

去 农 安

农安，古称黄龙府
岳飞《满江红》疾呼直捣此地
一腔热血，沸腾千年
今天我起早，简单收拾一下晨风
将塞北四月装进心中
让柳色在车窗外，一点点弥漫

向北，天高地远
历史的辙痕从来没有如此清晰
徽钦二帝一路走来
尽管不会书法般行云流水
可也并非狼狈不堪
瘦金体再瘦，仍有皇家气象

何况女真人仰慕中原

丝绸虽不御寒，却分外柔滑

遮挡了利刃的凛凛寒光

何况金主雄才大略

安排宋朝皇帝继续在北方生育

至于坐井观天的井

那是东北特有的居所，地窖，半穴居

岳飞的愤怒，是中原对东北的怨恨

是文明对野蛮的鄙视

更是富足昌盛对贫寒饥饿的不屑

总以为，历史踏进金戈铁马时代会发生某些笔误

可当年的黄龙府没有被虚构

也没有过度诗化

金兵疾风迅马，跃出白山黑水

灭辽扫宋气势如虹

千军万马，唯独没能扫平一首《满江红》

月 牙 泉

这轮月牙仿佛从天而降
落进秦时明月汉时关的那一刻,彻底刺透了史书
张骞、匈奴、大月氏聚散离合,纷纷攘攘
将这片天空搅得阴晴圆缺

一沙一世界
幻相之中传出无数鸣叫
弘法者跋涉到泉边,认出了自己
祥光照亮这条丝绸系住的路
帝国的辉煌,最终闪耀在盔明甲亮上
唐军携带四大发明开始了远征
世界被火药击中,战争越打越热烈

月牙泉的水,解过千年的干渴

信仰形成了不竭的力量

多少兵锋掉到水里,受尽锈蚀

历史曾经一次次遭到围困

谁能忽略这一泓泉水的凝视,然后从传奇中脱身

里格村是泸沽湖的诗眼

诗句如此跳跃,一不留神
掉入泸沽湖的内心
在一颗心中,建个里格村
那些时间里就住满了快乐居民

这里好像躲过了许多历史时刻
一直被宁静彻底环绕

彩云之南,所有的事物
都能飘起来,跟一首诗去天上流浪
拆开的句子纷纷掉落湖里
村民们随手捞出,放在了日子外头
小村依旧,读成了外一首

第 三 辑
一腔情怀

长春轨道之歌

这是一首时代之歌
即使有一部分埋在地下也不会寂寞

先进的设备不停地唱着
我仿佛看见未来已经风驰电掣
一米一米的音符
砸出城市很深很深的欢乐
掘进速度成了合唱
被一再重复放大了许多

那天,我从规划图上走过
四通八达的轨道相互交错
一首歌

拆开了幸福的经络
无限延伸的轨道直通每个市民的心窝

从昔日老长春的那张照片开始
所有的街巷和窄窄的胡同
都被时间仔细消磨
我站在中轴线上听这支悠长的歌
只有激越之声
没夹杂一丝蹉跎

这就是长春的轨道之歌
唱出了日益强盛的我的祖国

车过沈阳

只有像 K1571 这样慢的列车才能缓缓驶进历史
重庆北到长春,途经山海关
这段路程恰与大举入京的八旗兵逆向而行

没有了古道尘扬,也没了旌旗招展
铁马冰河的季节已经潜伏在瑟瑟秋风中
大清朝离开了沈阳就再也没回来
东北很冷,北京的城墙很高
八旗武士冲进去也找不到出口
沈阳就这样寂寞地等着近代史

直到那个绿林好汉建成了一座大帅府
沈阳才又开始威风起来

可他通向未来的钢轨被生生炸断了
一个时代的发展方向遭到彻底改变

我不想在这里下车
不想知道北大营确切的位置
那是一个民族永远的伤口
就算铁西区拥有再厚重的辉煌
我还是被一阵稀疏的枪声
彻底惊醒

迎面相撞

在中国,无论什么地方
我都会迎面碰上许多人

他们或者她们都是现代中国人
现实问题都写在这些脸上
我不想看没有文化经过的表情
因为我知道确实存在很多问题
可谁又能躲开这些不期而遇

不是眉头紧锁、神色肃穆
就是若有所思、心事重重
要不就双眼一片空洞茫然
虽然偶尔还会听到喃喃自语
可就是读不到一个晴空万里的笑容

在书店门前

我会碰见一堆历史积淀的问题

在繁华的大街上

我会看到散发虚假的广告

在医院的厕所里

我会记住一串卖肾的联系电话

这一切，与我迎面相撞

而我多么希望从陌生人的脸上

捡到一个发自内心的微笑

或者走在人行道上

突然被极小的幸福撞了一跤

爬起来却不知向谁道歉

解放立交桥

这是长春第一座立交桥
庞大壮观,上下三层,四通八达
有去高新区方向的,也有去伪满皇宫方向的
还有一条路去我单位

每天从桥上经过
到达最高点时我都禁不住远眺
美丽的家乡,日新月异的城市
总有一种心跳
恰好与初升的朝阳同步
一下就照亮了沸腾的生活

可是，最近几年
这座立交桥上也拥堵起来
富裕的人们，躲在各自的小汽车里
继续算计着这座城市
我感觉每辆车都很像一个蠕动的血栓
随时能将整座城市堵住

停满了汽车的立交桥上，没有一个行人
我却看到了一个年轻的影子飘荡
那是多年前，一个交不起学费的考生
在这里纵身一跃
那时这座桥刚刚建好，各条路已经通向远方
或许在他眼中
即使给命运架了一座立交桥
依然绕不开贫穷

如果他不去念那该死的大学
会不会也躲在小汽车里
用微信继续跟这个世界没完没了

住在秋天的忧伤里

秋天长了一张真实的脸
表面充满喜悦,脑后一片忧伤
不论走到哪里
一直拖着寂寥的影子

江山就这样无限
任何风吹草动,都可能
引发千古情怀
悄悄走进落叶斑驳的心底
俯身拾起唐诗宋词
昔日那些繁华,如今只剩碧空万里

这时候想一个人

这时候想一个人
会把他放在很辽阔的背景里
天高云淡，瑕疵早已微不足道
远山苍茫
只有一地散碎的时光

我深深地呼唤
这世间没有给予应有的回应
岁月不经意就漫长了
谁知道他的寂寞
还有内心的芳香

秋天即将过去
他的生就像死，他的死更像生
被秋天轻易俘获
放在童年的记忆里
一切都还完好如初

变颜变色

开始恐惧我的苍老
秋天在我领悟之前,打磨成一面镜子
照出思想脉络之后
凋零便势不可当
世界,不想保存任何理想
最伟大的哲学,只存在山川大地的变颜变色

人类也在自我更迭
否定之后还是否定
精彩的答案,不知深藏哪个季节
一场幼儿般游戏中
我不知不觉交出了岁月

我不可能活得那么坚定

请允许我再一次动摇
这是北方十月的深秋
所有的作物都已成熟
世界面临着连根拔起

我们还能去哪里
苞米已成为苞米,高粱即将酿成酒浆
麦子全部倒伏大地里
我和我的诺言,形单影只
被夸大的北方
根本走不出秋高气爽

那就站在秋日的阳光下

被一个人，或者一段情紧紧抱着

面对那么开阔的天地

犹豫，犹豫，再犹豫

一片秋叶落进生命里

秋天长了一张真实的脸
表面充满喜悦,脑后一片忧伤
不论走到哪里
一直拖着寂寥的影子

江山就这样无限
任何风吹草动,都可能
引发千古情怀
悄悄走进落叶斑驳的心底
俯身拾起唐诗宋词
昔日那些繁华,如今只剩碧空万里
我知道那是生命最后的舞蹈
纷纷扬扬,飞旋空中,到底什么不断谢幕

一片秋叶落进我怀里

我充满了整个秋天的情怀

远方的亲人

仲夏的黄昏

忘了回家的孩子

藏在茂密的岁月深处

意想不到的凋零,暴露了多年的心事

一片叶子在我手中复活

春天从来不会陌生

生命从一片叶子开始

却无法因一片叶子结束

坐在高铁的速度里

从东北长春出发
竟然忽略了溥仪、婉容还有日本人当初的规划
忽略了那个灰暗的无法挺直身躯的时代

坐在窗明几净的现代化空间
看电子屏幕显示 307kh/h
窗外历史只能一闪而过
可是,再快的速度也躲不开生死
我看见了近几年才熟悉的龙丰殡仪馆
这里是掩埋悲伤的地方
世间有一种承受不了的痛
深深埋进了心里
我那辛勤了一辈子的母亲啊
是不是在这里等我带她一起去远行?

前面就是四平市

这座英雄的城市已经从战火中站立起来

无数男儿热血洒在了大街之上

洒在一个时代的黎明

穿城而过的列车

抛下了这支大军

因为再往南走就是开原

清兵最早打下这里

城中居民纷纷自尽

手挽手的英魂

依然阻挡不了直指沈阳的兵锋

越过山海关时

我突然明白生命无险可守

索性让灵魂下车

去下一站天津卫见见中国开埠最早的繁华之地

看看历史总喜欢在什么地方转弯

刚刚驶入河北

就收到短信提示

可我非常希望看一场燕赵悲歌

而不是邯郸学步

到处都是建设中的高楼大厦

燕山小心翼翼躲在遥远的风景里

忍受着世人飞快地遗忘

此时，正是六月

风未萧萧

易水转暖

毗邻的齐鲁大地听不到圣人的琅琅读书声

车厢内一片片手机闪烁

我凝视着窗口

在到达济南前

我要把所有属于这块土地的记忆双手奉还

不论时间、空间如何交错

一个闪念的距离

总是隔着如烟往事

隔着家国天下

也隔着生生死死

夏日征文

济南火车站附近的某个宾馆
昨天还人声鼎沸
全国性的一个征文颁奖结束了
闪光的奖牌,大红的证书
人人喜气洋洋
好像给这个浮躁的时代留下了千古文章

游览趵突泉、大明湖
还去淄博参观蒲松龄故居
访几百年前一颗缀满补丁的心
这颗千疮百孔的心
别有洞天福地,住满了狐仙鬼怪……
南来北往欢聚一堂

转眼曲终人散

留下一条过于寂静狭长的走廊

下午的阳光从窗外挤进来

仿佛照亮了生命遗漏的时光

那些经过的笑容

沿着走廊四散而去

一个人躲在房间床榻之上

遥想古人之间的文学交流

须用怎样漫长的距离来一步步探讨

离开济南的列车

傍晚才会出发

此时,只有一地凌乱的汉字

爱，已寂寞如诗

不曾想过，爱终有一天沉寂下来
露出生活坚硬的河床
遥远的沉船，残碎的瓷片，散失的古钱币
这些往日的爱情，早已逝水流年

我相信所有船，都一定驶向幸福彼岸
包括准备交换等值的情感
甚至要将倾心之爱，装到精美容器中
细细欣赏红尘，最深沉的美也能浮出水面

爱到深不可测，岁月也无法打捞
我曾久久沉湎其中
所谓爱的港湾，莫非不再冒险远行？

一支支南宋载满白银的庞大船队
终究买不来盛唐气象

楚辞里有我的表白
残简上刻画下我的血痕
丝帛也能撕裂出无比悦耳的呻吟
忘川水,生生死死一直都是最美的江河

每次轮回我都迎面扑来
还记得千年模样和万世诺言吗
在爱情的时间里,早已海枯石烂
可我的船依然在黎明出发

清　晨

推开大门
碰上一阵熟悉的春风
头上还有无比深情的蓝天
城市尚且惺忪
安静如一片冰心

每条大街都可能通向爱情
每个笑容都深藏着希望
还有那些扑鼻而来的叫卖声
悠长而且荡气回肠
其实，这些日常生活
足够我爱上整整一生

深　秋

隐隐约约知道会有这一天
那片叶子
在我生命里飘了好久好久
感谢这个漫长的秋天
感谢那些擦肩而过
以及侥幸没能发生的爱情

这一刻，太沉太累
多想将平庸的生活举重若轻
甚至故意省略一些
可我是脆弱之人
躲在时代的背景里
悄悄长出自己的叶子

写给未来

今夜，我躲在大山深处准备抒写未来
万籁俱静，没有喧嚣纷扰，没有璀璨灯火
任何醒来或者睡去
任何前世加上今生
依然无法把生死遮盖

当浩瀚星河，被我用空白的思想彻底铺开
每个字都将熠熠生辉
一颗心，抵挡住万丈红尘，平静了所有时间
我凝视良久，不会贸然写下成功
更不会留下一丝的人间得意
只想把自己的失败和些许沮丧，轻轻告诉未来

告诉那个,我已不存在,却真诚祝福的时代
我曾深深热爱这个世界
爱过一草一木,一饮一啄
甚至爱过孤独,也爱上过怨恨

经历了经历,生命才会昙花一样静静怒放
在这个夜晚
一切伤痛都已结疤
所谓痕迹,永远印在一个人的心底
爱,让那些柔弱渐渐坚强
万里河山,才禁得起无数英雄指指点点

中华奇人

读一部泱泱大明朝,只须看懂几个人
读懂一个人的思想
只需找出深藏的心中之贼

人人心中有贼
个个贼心不死
能偷天换日,即成窃国大盗
能偷来半日浮生,自然也逍遥快活

秦皇汉武,唐宗宋祖,哪个不贼胆包天
历史可以纵横捭阖开疆拓土
诗词可以大漠孤烟千古风流人物
一代天骄的马蹄
踏平欧亚差点让天下从此无贼

观天望月,奈何斗转星移
古往今来又有几人参透了天机
领悟世界不如读出心意
就算阅人无数,也未必认识自己

从言行里验证一个人的力量
将千变万化的情绪凝聚起来,牢牢坚守
然后去捉住心中之贼
攻城略地,终归还要与万物融合贯通

走出大明王朝,走不出贵州云岩
走不出一个人历经五百多年的思索
或许当今世界的样子
跟他还有几分神似

我 是 星

浩瀚银河，寂寞夜空，谁让历史眨着眼睛
没人知道，我也不敢提醒，其实啊
我就是一颗闪闪发光的星星

漫漫岁月长河中，四十年又短暂到什么情形
短到昨天全国还是一身灰蓝中山装
转眼成国际时尚品牌汇集的舞台中央
那摇曳的脚步很慢很慢，仿佛走了百年沧桑
那脚步很轻很轻，却踩碎了多少屈辱
踏出一路歌声
四十年短到昨天的食品还凭票供应
转眼如何搭配才能符合饮食健康
民以食为天，抬望眼，祥云朵朵万里晴空

浩瀚银河，寂寞夜空，谁让历史眨着眼睛
没人知道，我也不敢提醒，其实啊
我就是一颗闪闪发光的星星

漫漫岁月长河中，四十年又短暂到什么情形
短到昨天全国还是一身灰蓝中山装
转眼成国际时尚品牌汇集的舞台中央
那摇曳的脚步很慢很慢，仿佛走了百年沧桑
那脚步很轻很轻，却踩碎了多少屈辱
踏出一路歌声
四十年短到昨天的食品还凭票供应
转眼如何搭配才能符合饮食健康
民以食为天，抬望眼，祥云朵朵万里晴空
任尔东西南北风
四十年短到昨天还尽是低矮的平房
转眼已是高楼林立，神州处处巍峨景象
那些摩天大厦高耸入云端，手可摘星辰
归燕常常迷失了回家的路
时代之歌，正在天际间飘荡
四十年短到昨天还一穷二白

转眼满世界都是中国造，昔日万国牌商品荟萃
如今雄踞世界的制造工厂
四十年短到昨天轿车还是稀罕物
今天早已进入寻常百姓家
而且不断向着绿色环保前行

四十年的光景，换了天地，变了人间
放眼中华大地，天上飞的，地下跑的，海里潜的
　　无不彰显中国之梦的光芒
四十年啊，如此短暂，可是，放在我生命里衡量
　　又是如此漫长
恰恰占据了我所有最美的时光
开放，开放，开放
我来不及多想，匆匆走上了振兴的路
一路坎坷，一路风霜
斗转星移，千年沧桑
那些远古文明，渐渐让我强壮
腾飞，不仅为了实现理想，也为了祖国的荣光
让夏商周的青铜闪亮
让唐宋元明清的诗词歌赋，成为绚丽文化的绝响

我从百年的呻吟中站起来
一步步走向世界中央
用我的青春,奏响了时代乐章
我曾那么渺小、普通
站在属于我的位置上,接受阳光又释放明亮
我被历史有意打造成
一颗闪闪发亮的星

我的豆包亲戚

从没想洗白自己的身份
即使在城里土生土长
即使那个年代
城乡差别,就像窝头与面包
很多人想让面包更加靠近牛奶和果酱
我却知道
我有很多豆包亲戚

每次看见这些亲戚
我的心情很容易跟窝头一样粗糙
就算面包在手
也缺少了应有的香甜细腻
把面包放在亲戚手中

然后看他们的笑容

再听他们对我母亲说，今年还不错

这是昨晚现蒸的黏豆包

里面的馅可甜了

被大雪掩盖的一场历史

其实，刀光剑影没有因为英雄的胜利而消失
漫天大雪稀释了一切闪闪寒光
那个喜欢在冰面凿窟窿捞头鱼的大辽皇帝
冲着苍天奋力射了一支鸣镝的利箭
被击中的历史凌空爆炸，散落一地鲜活文字
无数铁马金戈在厚厚积雪下冰封
白色海东青擒来一个猝不及防的春天
复苏的金兵开始横扫所有能落下雪花的地方
那个大辽皇帝来不及阅读散落的文字
到底是东胡人还是肃慎、夫余人的后代打败了他

直到八旗招展，兵锋直指紫禁城那血红的宫门
大雪也遮挡不了一颗颗热气腾腾的野心

王朝更迭如一场突降的暴雪,意料之外又情理之中
英雄的激情彻底改变了大地山河原来的样子
随后的岁月依然一次次铁马冰河闯入梦来
一次次觉醒抗争留下了冰与火的洗礼
每当脚踏祖国东北,空旷的历史回声一圈圈扩展
肥壮的炊烟像厚厚的棉袄把红火的日子竖起来
面对无边无际的严寒只有一腔热血涌动
上天赐一座长白神山就是为了迎接紫气东来

陷入温柔的城市

连绵不断的大雪,悄然改变了一座都市的性格
冰清玉洁本是形容少女纯真天然的品质
寒冷的季节,却让粗糙的东北男人也能柔情似水

我亲眼看见一个开饭店的老板张开大手
把附近清雪的扫街工人全招呼进自己的店里
先喝一杯热乎水,然后提供免费的餐饮
钢筋水泥加上冰天雪地,一座厚厚的城市
居然有了一杯热水的温度在弥漫春的消息

穿橘红色工作服的清扫工们很多年龄不小了
有些人的手已经冻裂,行动甚至有些迟缓
一杯热水让他们笑逐颜开紧握原始的工具
将这个肆虐的冬天收拾得井井有条异常光鲜

我家楼下有条被大雪掩埋的路
许多汽车接连在同一个地方陷入雪坑
苦苦挣扎后方得脱离

后来一辆豪车久久被困
一位高傲的女士冒雪打开车门
她的孤助无望比这辆车的价值还令人瞩目
附近工地一个中年男人过来帮忙
可是刚推出她的车
后面又一辆陷进去
他只好背来砂石一点点填上
整个过程把这座已经很高的城市又垫高了不少
很多汽车司机用车笛将他的形象放大，再放大

致 友 人

很多年前，我激情飞扬
一遍遍不厌其烦向你致意
万水千山无非关乎情谊
如今我疲惫归来，时光远去
当年那些冲天壮志
已找不到只言片语
唯有一地叹息

我拿着发黄的纸，上面有诗
冲着太阳能看见青春澎湃的血迹
然后冬天就来了
大雪茫茫街灯映红了夜空
无人的路边，只有我和你

还有几十行童话般的文字
也许，你不该走进经济
那本不该属于我们的话题
可是啊，可是
我们谁都禁不起这样的富裕
富得可以忘乎所以，忘掉诗
忘掉历经无数兴衰的古老文字

还能用什么向你致意
我的浅薄，还是我长久的孤寂
时光不可能王者归来了，难道还有
起死回生的咒语
如果真能灵验，我愿被剥去
所有与奢侈有关的意识

今夜月圆

我看见自己丑恶的那一面,竟然
布满了陨石,坑坑洼洼,高低不平
没有人注意到这是一种危险
宁肯相信传说中的吴刚,能造出桂花酒
醉上千年,也许会忘了一切
就算嫦娥不老,谁知后羿安在

那天,很多人在大街上围殴一个青年
他力大无穷,转眼又掏出一张弓
还没拉开已经日月无光
我的所有青春岁月就成了惊弓之鸟
还有多少秘密隐藏在弧形山之中
整座城市即将升天,沿着当年的路线

迁徙到一个伟大的神话里
看不出人类还有背井离乡的忧愁

真相始终看不清晰，一代又一代的人
委托诗人面对这样一个夜晚
探求心灵最深处的故事，只有
展开想象的翅膀，划过浩瀚星空
才可能接近那个圆满的答案

楚国故事

一个诗人步履蹒跚
他背负了太多沉重文字
那些竹简贯穿了整个楚国
他把一个国家的灵魂带到了江边
回望荆楚大地
那时,山峦叠嶂一片蛮荒
到处狼豺虎豹和妖娆山鬼
郢都城也巫蛊之气弥漫

秦军已在他的预料之中集结完毕
楚王果然中计
他的一世才华只能借电闪雷鸣
去不断《天问》

举世皆浊，能回答他的只有自己
唱罢《九歌》又刻下《离骚》
每一划，都让那个时代流血
他拖着鲜红的文字站在汨罗江畔

滔滔江水不仅没有洗掉他的思想
反而把这些文字包上叶子捆绑结实
用龙舟送到中华文化的一个巅峰之上
千百年来，多少人在五月五
抚摸竹简上那些瘦骨嶙峋的文字
再把手伸进汨罗江
捞出他干干净净的魂魄
放在自己的胸膛

有个姑娘好可爱

从单位出来我就看见她了
春天已经过去,留下许多芬芳
她浑身洋溢着春光
走在自己的微笑里
我偷偷打量那美丽的笑容
她心中肯定有一朵玫瑰悄悄开放
周围的写字楼、修理厂、小饭店
都因她的开心而欣欣向荣
或许,她从没注意我的存在
我却因她的笑容
改变了对整个世界的印象

杨 靖 宇

一直没有勇气拿起笔

写一个身高一米九二的英雄

哪怕写一写他轰然倒下的姿势

描述一下他腹内的棉絮和无法融化的雪水

每次笔墨到了这里

都感觉周天寒彻

历史到了冰天雪地,依然轻易能够扭曲

一边是日本人的慰灵祭

一边被自己培养的优秀机枪手射杀

这一刻,足以让整个民族窒息

一个高大的身躯,渐渐与长白山融为一体
抬头向主峰望去
后人正努力区分历史的真实与大山的传奇
如果打算给未来一个记忆
请记住这个名字

李白你好

李白你好
这时候你是否已经收拾好行囊
准备从西亚,不,是安西都护府
所辖碎叶小城出发了?
你要带足银两,还有马匹和书童
把满腹沉甸甸的豪气捆绑好
然后提起那把剑
还没出鞘
才气已经伤了大唐

李白你好
千年之后的月光又照到了窗前
你的故乡或许不在版图之内

但这情怀一直行走人间通畅无阻

每一次简单的吟诵

都让我的记忆布满了疼痛

思乡，不如想你，不如让你的诗句送上云端

送回唐朝

将进酒后，归途不再有蜀道之难

李白你好

就算你活在今天，我们也未必成为朋友

杜甫认认真真写了一辈子，才见了你三次面

往来无白丁，你又岂是蓬蒿人

何况我的家乡没有十里桃花，也没有踏歌声

只有一地凌乱的简化字

怎么能押出盛唐的华韵

李白你好

不管如何，我就是喜欢你

喜欢你的飘逸

喜欢用云想衣裳花想容的力量，拒绝天子的声声呼唤

将一生的才华填满了人生诸多不如意

一直感叹你的宝剑没能对准历史
哪承想，你挥毫掀起阵阵古风
打乱了好不容易建立起来的严谨格律
每个中国人，反被弄得平平仄仄

李白你好
水中捞月其实打开了人间一扇窗
月亮或许是所有灵魂的必经之路
你的到来，让一个如梦似幻的朝代终于有诗为证
还能跟你说些什么
李白你好

谒萧红

三十多年前就认识你

却不敢来见你

中间隔着萧军、端木

隔着巨人鲁迅

隔着一个民国

还隔着生死场

明明知道你已魂归故乡

可我还是想拖到文字能够瓜熟蒂落

拖到几行诗就能写尽芳华

才能与你告一段落

呼兰河一直没有停止流淌

你的故乡一直无法从小说里迁往他乡

看你照片,看哈尔滨的寒冷

看属于你的黄金时代

所有东北故事

都在你的字里行间漫天飘雪

即使许多年过去,还是不敢看你的眼睛

怕那单纯饥饿的眼神

依然轻易爱上哪个男人

或许,锋利的流言蜚语对你并不算痛苦

刻骨铭心的爱,足以令你肝肠寸断

你留下的半部红楼

至今白茫茫一片

建在文学史的僻静处

千年杜甫

很早就认识你,那时教室里阳光充足
穿过你茅屋的秋风被挡在窗外
站在会当凌绝顶的少年,曾试着
写烽火连三月的家书
时间如无边落木,直到我也两鬓斑白
浑欲不胜簪

你用穷困潦倒的一生
告诉后人,那是个朱门酒肉臭的王朝
可我偏偏喜欢云想衣裳花想容的大唐
喜欢穿着霓裳羽衣、天子呼来也不上船的大唐
甚至喜欢千年之后,秀口一吐的半个盛唐

如今,我读懂了你
读懂了瑟瑟发抖的每首诗
你笔下每个字,都被捻断了胡须
都是食不果腹瘦骨嶙峋的样子
正是这些充满骨气的诗
唤醒了我体内蛰伏的天下寒士

辽金时光

一只白色海东青穿越千年
以一个凶猛俯冲,抓住了那段惊慌失措的历史

精美宋瓷,釉面映着冰封的湖底
那个辽国公主从马背上跳下
扶起尘埃中的爱情

铁马金戈瞬间踏碎霜冷长河
头鱼紧紧咬住了大辽故事
谁从瀚海深处,射了一支鸣镝
蓝天倒映出无数受惊的灵魂

旌旗猎猎,北方的豪放气壮山河

白色海东青像道闪电,落在骑白马的少年身上
辽金往事从湖中打捞出水
溅湿了一地细细的时光

在春天的楼下歌唱

春天已盖成高楼大厦
找不到可以攀登的阶梯
其实,每一步都势比登天
春天就是高不可攀

在春天的楼下歌唱
住在春天里的人们会听到吗
那些紧闭的门窗
会让春天像孩子一样,探出头来
跟我和我的歌声打个招呼吗

春天的脚步很急
我的歌声更快

飞入云端正是最抒情的那段高潮
所有门窗打开，春风浩浩荡荡涌进心房
春天的大厦轰然倾倒
散落人间的百花
每一朵，都开始了自己的歌唱

油菜花开

那一定开在我的梦里
梦里的土壤肥沃
埋着诗经、楚辞,还有魏晋风骨
我不敢深挖
害怕掘出整个三月江南

北方这时候偶尔飘飘雪花
雾霾、沙尘,携边塞诗踏入霜冷长河
此刻雄壮豪放
终难抵一畦灿烂黄花

一个草长莺飞的季节
隔着烟雨,把一片片蔬菜喊醒

无需洗心革面

每朵油菜素面朝天

那就是唐诗的韵律,宋词的委婉

新年寄语

将一本365页的精装书,小心翼翼打开
扉页上仿佛印有浅浅的小花卉
原来,春天已悄悄躲进这里
等待一行行在纸上发芽的文字

豪情永远从第一句涌出
与其字斟句酌,不若脱口而出
这些埋入纸里的文字
需要日复一日的汗水浇灌
除了春夏秋冬,日月星辰
还有人间冷暖和那游牧时光

每个字都能拆出希望、坚强与梦想

力透纸背的祝愿

尚未落笔一字,已成锦绣文章

冬 日

这时的树,仿佛将精气神全部释放
留下一树的枯枝遒劲
撑起了整个北方

那些冬霾淡淡的日子
有轨电车缓慢穿过了城市
大街旁的老树,栽进传统中国画里
谁不小心碰倒了时间的墨汁
她的背影已经晕染开来

悠长的叫卖声,从陈旧的巷口传来
学校门前那排大树上
是否又挂起了喜庆的红灯笼

积雪清扫之后的小路格外清脆
有人想耳贴地面仔细聆听
春天那明确的脚步

心上的极光

用整整一生的时间追赶光
渐渐自己也通透明亮了起来
从里往外,五脏六腑都染成了奇妙颜色
或蓝,或绿,亦或暗红、淡紫
像随时变幻的心情

路走到了极至,发现世上没有路只有脚
爱到了极至,感觉海枯石烂抵不过风云突变
生命探索到了极至,无非一道寂寞光芒

人间蜿蜒起伏,天涯之处江河失色
一个人此刻仰望璀璨夜空
天地只剩下无限神往

多希望宇宙能涵盖所有情怀
也想用胸怀包容整个星际

时光上的拱桥

一人一牛,走在南方的石桥上
北风吹到了这里,也被沉重的喘息压住
秋天即将落入胃中
再平淡的日子反复咀嚼,依然没能消化这漫山绚烂

石桥心里,一直有条不息的内流河
轻轻地,湿润着,一个委婉的词牌
一平一仄,慢慢悠悠,押出了生活的韵律

没有犁过的人生,长着荒草,充满了原始气息
将木犁扛肩上,能否让成片的时间继续沉睡
站在石拱桥中间,看世间倒影
一实一虚,隐隐约约,映出了万物

时光照进小巷

她想将时间喊出来,看清自己的年华
怎奈岁月只留下了背影
阳光已把影子照透

时间囚在小巷里,青春无处可逃
身上的分分秒秒遗落街头
那些翻墙而入的寂寞
让一条江南小巷,静静装满了春色

青石板铺垫了一首诗的去向
老树紧紧缠住她的脚步
瞬间,一个人走完了经典的一生

第 四 辑
不用读懂所有的爱

日子周围铺满了宣纸

已经到了提笔忘字的年龄
那些龙飞凤舞的过往渐渐干涸
背影泛黄,岁月变脆
不敢轻易翻动
那个曾经指点江山的人
会不会从纸里飘然滑落
当年,他从我身体里挣扎着离去
让世俗乘虚而入
堆满抱怨的身体,越来越沉重

中国的宣纸历史悠久
经得起一个人的沧桑
谁都想抒写千古文章

可那些词语，组合成三更灯火
读书的男儿，无惧悬梁刺股
西出阳关，却不见大漠孤烟
多想醉卧沙场
每种字体，各自风流
到处都有笔触
墨点无多
一片纸的喧哗

我们今生只有一面之缘

道理如此简单
茫茫人海,每天都有无数人出现眼前
可是,多少年后我才明白
其实,我们今生只有这一面之缘

没有任何理由值得发火
也不应该有什么抱怨
经过多少生生死死
我们才在红尘中相见
然后擦肩而过,然后转身离去
不知何时再相见
这中间是否又隔了千年?

那么多个春天
仿佛一样的繁花绚烂
陌生的面孔,只留下印象一点点
有人冷漠,有人平淡,偶尔也有几分温暖
谁知前世,我们有多少恩恩怨怨
或许曾经相亲相爱
或许曾经把酒言欢
或许曾经生死与共
或许曾经反目成仇

如今短暂相遇,一片茫然
没有了爱,也没有了恨
多少个春天之后
我们才会珍惜
今生,我们只有这一面之缘

黑　洞

在我眼里
你的嘴就是黑洞
我相信你说的一切
包括那里面有光，有爱，更有诚信
人人谦谦如君子
宛如梦想开始的地方

可我还是对你保持警觉
面对那样深不可测的黑暗
我的心，总有掉进漩涡的恐惧
为什么偏偏在这个时代发现了黑洞
我多想从你的嘴里钻进去
再出来，或许就能换了人间

在公交车里读小说

这时,小说里的人物都在车里
我们一起穿越城市
主人公用力抓住把手,让自己保持形象

作者出生沈阳
他偏偏写一个杀人犯是我们长春人
还以东北老乡的关系让小说充满了想象的力量

小说其实写得很荒诞
可现实又没办法不荒诞
东北已经灰头土脸
大工业被历史拆得七零八落
只剩下金属骨架,闪着幽幽的寒光

我就住在长春桂林路附近
小说把这里写成是非之地
而这里真的很时尚，甚至很文化
我亲眼在街边看见春天款款走过

看简介才知道作者比我小二十岁
这二十年我一直在讴歌生活
可作者却抓起一把锋利匕首
给我的时代连捅三刀

没必要等到死后飞翔

我知道自己能飞
灵魂出窍时有很大声响
好像一个人,生气后摔门而去

这时候,整个秋天萎靡下来
即使艳阳高照
思想也趋于成熟,还露出了不易察觉的微笑
可我内心抵触越来越强烈
甚至感觉寒风阵阵
不如归去,不如归去
哪怕梦想遥不可及
露出翅膀吧,还有隐藏一生的秘密
再爱惜羽毛,也要打开双翼

鲜嫩的翅膀吹弹可破

红尘万丈,怎样才能彻底摆脱烦恼

我如约起飞

再没打算于现实中平稳降落

星期五在医院

据说这一天患者最少
至于什么原因我根本没心情打听
肯定不是疾病这个坏家伙嫌工作太累
也准备过礼拜天就是了
我在门诊大厅打一个陌生电话号
朋友帮忙推荐的熟人
她是护士长想必非常忙，一直没接电话
这里的一切都显得焦躁
无数病容细菌般黑压压涌进这个周末

阳光在我到来之前，一定光临了此地
可阳光一旦落入这座著名的医院
就开始痉挛，我甚至怀疑时间都被扭曲了

曾经灯红酒绿的周末
突然成了久远的回忆
一个生命无法躲避的星期五，在医院瞬间塌陷

那一刻起，所有幸福遭到彻底治疗
我不仅感到身体疼痛
还看到灵魂插满了管子
从走廊穿过一个个病房

我一次次放过自己

明明知道一撒手，这一天就会白白过去
可我还是找到了理由
有些理由相当冠冕堂皇
很像失散多年的亲人，他们有些来自遥远的过去
有些来自不可知的未来

我们把酒言欢，畅谈人生和时事
包括单位的人事任免，以及个人的花边新闻
有时说着说着下雨了，刮风了
甚至国外突发的校园暴力
都让我们唏嘘长久，不肯轻易转移话题

有时候感觉很累，让自己躺一会
白天我被自己放过之后，就堕落了

记忆中的那一次奢侈

二十世纪某个春天
哥哥的好朋友请他喝了一顿酒
很多年,他就一直醉在那个春天里
一桌子菜都没记住名字
只记住喝了茅台

我沿着大街去找哥哥丢失的魂魄

8元一斤的茅台
够一家子半个月的柴米油盐
哥哥那时还是知青
他的朋友在工厂每月能挣到39.5元

那个百年老店还站在岁月深处

闪烁的霓虹灯映红了夜空
酒旗仿佛始终充满醉意地飘扬
哥哥和他的朋友一起老了
他们在一场豪饮之后发觉
茅台酒永远比他们年轻

我也感到时光发酵了,散发出特有的醇香

我的爱在高楼之巅

或许，有一天我能从这么高的楼上起飞
头也不回地迎着阳光穿越云层
带走始终飘浮的童话
那么蓝天会稍加迟疑，包容一点点杂质
然后再融于无边天际

我的孤独太重了，需要电梯运载上来
像一件庞大的家具
谁坐在其中，都能成为一组摆设
我的孤独又太轻了，打开窗子就飘出去
然后云卷云舒

那天,我突发奇想
爬到对面一座高楼去观察我的孤独
一楼有个乞丐堵在门口
有些人把孤独给施舍出去了
二楼有个病人躺在床上凝望园中的树叶
枯萎已经悄悄发生
三楼有个空巢老人,呆呆坐在窗前
时间让她弄丢了
四楼一对年轻的夫妻,在为孩子的奶粉质量争论
五楼一对夫妻在吵架,孤独被摔个稀巴烂
六楼一位画家在创作,独孤过于抽象
我辨别不出来了……

回到地面之上,游人如织,车似潮涌
孤独停在斑马线等待绿灯
整个城市熙熙攘攘,所有人在给孤独打折
希望碰上好价钱
夕阳余晖,散发出贵金属般一道道迷人的光泽

我在黑暗中打开家门,走进云端的那一刻犹豫了
人间还在脚下,那些孤独被地球引力牢牢固定
我欲乘风归去,不再担心高处之寒
孤独瞬间已万年

女 病 房

我要看的人住在528号
推门进去很容易就发现她
一共四张床,每张床上都有一副病容
她睡的是加床,比别人矮一等
但她的病情很轻,明天就可去楼上

病房不大,病床与病床
甚至吊瓶与吊瓶之间都很少有躲闪的机会
我被同房的病友热情地让到床上
这是白血病放疗女病人的床
每个女人的头发都很少
少到能数出她们残存的几许美丽

我和她们聊起来，窗外的夕阳明亮
虽然她们兴致勃勃
但我知道这样谈论生死绝不是玩笑
高额的治疗费依然摆在死亡前面
她们已经开始动摇
可任何一线生机都能让她们眼前一亮
我又谈起了古老宗教和科学发现
瞬间她们就相信了我，相信我
手握着另一种灵丹妙药

前几天出院的病友又回来了
她谈自己的病情非常专业，引起大家共鸣
隔壁病房的女病友也来串门
说她安稳睡了一下午，那神情好像把病丢在了梦中

把疾病统统关起来
疾病相互作用，仿佛成为一种能量
我看到了每个人善良的那一面
就连陪护人员也把这里当成了家
他们轻轻地洗涮，然后静静坐在

与疾病咫尺天涯的地方看着自己的亲人
我实在不忍心,随手关上病房的门
害怕太阳落山后,会有一屋子的黑暗

始终躺在床上没说话的那个女孩儿
冲我使劲点了点头
我知道她只有十九岁,帽子里
隐藏着一个芳草萋萋的春天

生命里的火车

注定有一班车要从我生命里经过
轰隆隆的车轮伴随欢快的鸣笛
叫醒我沉沉的春眠
然后一路前行

我睁大了眼睛
看见白云寂寞地镶嵌在蓝天之上
时间被童年悄悄分配
均匀的节奏犹如列车的呼吸
我大口吞吐着心中的憧憬
始终不肯回头看一眼
有什么落在了路旁

生命里的火车
来不及停留在蒲公英和车前子的梦中
风驰电掣的速度
连小蜜蜂和红蜻蜓也追赶不上
我记得曾有一个小站
伫立在三年级暑假的某个下午
火车沿着我的经脉
驶进了充满阳光的记忆
在这万物生长的季节
石头都在怒放

我的胃终于无法消化钢轨、顽石
还有无尽的岁月
可心中依然惦念那一次远行
那可是生命必须经过的风景

暑假送叔叔去小站

那天真的碧空如洗
我和东东的欢乐也被抛起来扔进了蓝天

昨晚,东东的爸爸已经决定
让我们俩代他去送自己的弟弟
叔叔在外地工作
样子很年轻
这么亲的称呼还是无法将他拉到我俩身边
叔叔一个人慢慢走在后面
我和东东蹦蹦跳跳
像两个带鬼子进村去中埋伏的放羊娃

叔叔要坐火车回家
旅行袋仿佛很沉
压得他一路无话
小站寂静地出现在意料之中的年代
阳光碰到钢轨上溅出了耀眼光芒
叔叔乘坐的那趟列车
没有发出惊天动地的轰鸣
挥挥手远方就落在我俩的身后了

我很快忘了叔叔沉重的样子
直到两个月后东东的母亲病逝

二大爷的火车

几乎每年秋后的某一天
二大爷都会像一棵熟透的老玉米
被气喘吁吁的火车送进城来
从孟家屯站到厂区还有一段距离
二大爷年龄大了
这段路把他走得热气腾腾
一进屋我家就飘满了乡下的味道

邻居小朋友一言不发
尝了一口二大爷带来的黏饽饽
就不肯再吃第二口了
他悄悄学二大爷倒背双手翘着山羊胡
那光溜溜的小脸蛋上

我再使劲也拔不出一根长着胡须的日子
二大爷眯起眼睛打量一座又一座高楼
然后，坐在家属区路边的马路牙子上
一动不动，凝望着我看不到的风景

二大爷每次住在我家的时间都不是很长
带回去的东西却很多很重
有些好吃的我平常也很少吃到
妈妈还把一些衣物叠起来再包上层层嘱咐
样样不少堆了一地
这时二大爷奋力把自己的岁数也塞进了大口袋
那个口袋是我见过最大的口袋
所有的幸福都能装进去
想把这些幸福带回家
二大爷还要从孟家屯小站离开

记得有一次
我和父亲一起早早把二大爷送到了小站
待了一会儿我就不耐烦走了
忘了跟二大爷告别

可就这次之后孟家屯站再也看不见二大爷的火车了
他带着城里的风景
躺在故乡的大地里成了一片绿油油的庄稼

公交车站

几个人代表一个时代,在东北某个省会城市的中午
等待 25 路公交车或者等一个司空见惯的日子

这一天没有大雪,没有晴空万里,也没有防空警报
一个灰蒙蒙的天气
看不出适合干什么别有用心的事情
可每人还要分别去个地方,把生命里的这一天送达

25 路公交迟迟不来,春风就无法传递消息
有人把急躁踩在脚底下,来回折磨
有人翻看手机,把无聊又翻看了一遍
有人两眼空茫张望远方,三公里之外,还是市中心

抬头就看见广告在最显著的位置提醒当下消费
就算25路公交来了,满载一车的同胞
日本人当年修建的各种建筑打开车门依然清晰可见
对这个城市而言,公交车的远方,并没有多远

半夜里的电话

一下就把整个夜晚拦腰斩断
惊魂未定中,得知侄媳妇要生产了
此时医院没有空床
没有给一个滑翔的生命准备降落的跑道

可能另一个世界里也人满为患
那么多生命争先恐后要出生
不管这里的物价有多高、资源有多紧张
找一张床也得深夜排队

很多人一定后悔来到这个世上
很多人更会如鱼得水活得逍遥自在
有人怀疑从那个世界来时,并非两手空空
离开时照样带走了昂贵的信念

初到深圳

那是二十世纪九十年代末
深圳已经成了一个概念
当时房价还没炒上天
房子三天盖一层，改变了全世界的计算方法
我仰着脖子张望地王大厦
不小心就掉到天里面去了
深圳的天很蓝，像灵魂的颜色
很多人在此迷失

如果那一年没有七月
没有把我一个人丢在繁华之中不管不问
没有老母亲在电话那一头急切的呼唤
我也不会坐在世界之窗公园的草坪上

呆呆看着远去的白云
并且不断清点脑子里那碧空如洗的思想
深圳与创造有关，与激情有关，与青春有关
看似与故乡无关
而我，偏偏抗拒不了这无关痛痒的思念

深圳有个好兄弟

刚到深圳时,有故乡的兄弟来陪伴
尽管兄弟请我吃饭很豪爽,也从不谈钱
但我知道他每天要准时上班
没有钱,兄弟就不好做
深圳很现实
每个人的时间都能拿来计算
我不想算出兄弟到底价值几何
不想为几个数字,弄得心惊肉跳

为了完成一个项目,我要在深圳住很久
换到比较便宜的福田区财政局招待所
距离兄弟就远了
但他没有忘记,隔三岔五找我喝酒

有时也去洗头按摩
让我开开眼,知道这个世界可以打破规矩

我离开深圳时已囊中羞涩
从兄弟手中借了四千块钱
他很洒脱,但我感觉到了友情的分量
回到故乡,第一件事就是把钱送还他父母
以后兄弟回来就找我
好在老家也有了洗浴中心
友情像身体,虽然越来越老
可越按越舒服

几十年悄悄过去,兄弟依然在深圳
我们见面的机会不知不觉少了许多
这个时代不再谈钱
也许就没必要见兄弟了

那个老乡消失在深圳

住在套间里的老周讲
他有个好朋友跟我是同乡
一个非常仗义的东北汉子
名叫王安庆,曾被深圳媒体广泛报道

老周是湖北孝感的一个厂长
经常请我吃饭、洗头
有时把我吃得莫名其妙
不知如何消化他的热情
一个厂长住进招待所,省下钱
请我边吃边跟他一起回忆朋友

东北汉子王安庆

曾经去俄罗斯搞边贸挣了钱

然后转战深圳继续淘金

虽然没什么起色却天生豪爽，依旧一掷千金

后来经人介绍认识一个绝色女子

后来生意一塌糊涂

后来没钱住宾馆，服务员们给他偷吃的

老周说这个名字时很轻

好像这个人不是用来说的

只能放在脆弱的心上

穷途末路的王安庆有一天突然想起

一个珠宝商还欠自己钱

于是，他来到天安大厦

珠宝商的婆娘看他如此落魄

竟然矢口否认

此时万丈豪情的他，情绪失控

这个婆娘大喊打劫

一帮保安追上楼来，他下意识转身逃

跑到走廊尽头一点没有迟疑

从十八层纵身一跃,这座高楼的全部重量
都压在了他身上

王安庆,一个打劫未遂的罪犯
登上了报纸新闻
有人特别强调
这个家伙是东北人

深圳,说声爱你不容易

前年去香港,途经深圳
依然繁华如旧
可是,莫名地就多了几许沧桑
站在熟悉的大街
觉得当年那种惶恐和青涩
比现在的深圳还美丽

十多年间,深圳更像深圳
十多年间,母亲走出了我的思念
所有的白云都远不过去天堂的路
我再也听不到电话那端的催促
深圳,宛若生命中必须经过的一站
我的梦想一半落在了站台
一半标在站牌里的前方

我知道,脚下每一平方都以多少万元计
真担心曾经的理想
会不会也这么难以立足

东北人才

国华老弟严格说不是东北人
他祖籍河北,在东北读完了大学
毕业后想以文字为生
在冰天雪地的东北,卖热气腾腾的"豆腐块"
哪知文字浑身长满了翅膀
他的短小文章被各种选刊、教材收录
以后娶了东北媳妇,学会了唱二人转
小日子过得热热乎乎
马上就成为东北人了
三年前的初冬,他得到一个确切消息
深圳有个朋友打算推荐他
那天晚饭后他围着东北走了一圈
像荆轲渡过易水

深圳是他投匕的理想场所
他的文字又准又狠
寄回东北的报纸和杂志洋溢着高贵的气息
尤其稿费很高,有买下东北的气概
昔日许多文友都在悄悄掂量
东北那一片片厚重的大工业
为何顶不过,深圳的一缕阳光

那一年桃花落

那一年残冬，阳光也懒洋洋
总想找出点什么光鲜印象
整座城市陷入薄薄冬霾里，水墨浸染
我要从一幅画，进到另一幅画
那是位于建设广场附近一个小剧场
我漫不经心，穿过漫长冬天去看梦里桃花

那是开放在动荡年代的桃花，那是鲜血染红的桃花
滴在了明末士大夫的扇子上
一代佳人李香君，让所有男儿无颜色
这把扇子从此在我心中，摇动乾坤，芳香四溢
柔弱的桃花，开在一把明代的扇子上
感动了我的五百个春天

妻子为我做晚饭

忘了从哪一天起
妻子不再吃晚饭,或许为了健康
或许为了身材
总之,理由是反对一顿饭
开始我只觉得菜少了
后来发现一个人吃饭
少了絮叨,少了交流,更少了味道
整个过程很像在完成一项工作
一天当中最后的工作
其实最累的不是我,是我的胃
除了消化食物,还要消化各种琐事
以及这些年越来越淡的爱情

原来妻子做菜有滋有味

煎炒烹炸，场面宏大繁复

往往一片人间烟火

如今一粥一饭，清汤寡水

端起来能听到寺院悠扬的钟声

感觉自己的身体很轻，恍惚游离状态

成为某种精神的载体

稀粥一样的生活

让我的心情早已过分柔软

从今往后，还要习惯一个人品尝

平淡至极的人生

缺　口

哥哥比我大七岁
间隔了两千五百多天
这些日子足以隔断一个时代
足以成为我一辈子也追赶不上的距离
我与他就这样不远不近
保持着哥哥与弟弟
均摊了一个家庭的四季
和头顶的星辰

我没办法不仰望他
而他却一直紧盯着世间不肯松开
他的抱怨不少，喝上小酒马上又春风扑面
一举一动跟平庸的生活一模一样

他的世界观在当知青时形成
虽然风化严重,外表还显得坚硬
直到前几天相聚
他在酒桌上一笑,露出了豁牙

沿着这个身体的缺口
我看到亲人的疼痛
看到了跟生活妥协之后
依然有躲不开的力量

我要和春天站在一起

不管有多少流言蜚语
也不在乎还剩多少勇气
只要迈过了人生最寒冷的这个季节
我,就要和春天站在一起

和春天站在一起
要把脚深深扎进土里
无边的黑暗,漫长的等待
一点也听不到有关春天的任何消息
阴冷潮湿,刻骨铭心的孤寂
有时问过了自己
再问苍茫大地
坚持,到底有没有意义?

不是所有的生命都有春暖花开
不是所有的等待都能迎来圆满结局
可是，我已经下定了决心
我，就要和春天站在一起

和春天站在一起
要有浩荡的情怀和满腔的正气
吹开冰封的大地，吹落人间的百花
让希望郁郁葱葱生长在每个人的心底
我知道
走进春天并不容易
每一步都可能遗落陈旧的记忆
那些渐行渐远的往事
常常令我不断回首叹息
可是，灵魂终究要飞翔
让梦想找到可以栖息的土地

多少希冀总是在痛苦中产生
多少感悟化成了一场春雨
我用一生的时间寻找属于我的位置

即使与春天还有遥远的距离
但我还是态度鲜明地说
我，就要和春天站在一起

想起老何

想起老何就会想到酒
作家班毕业后,文学被他送回了老家
酒成了老何的影子

其实,在学院期间
老何的酒已经喝到了够发表的水平
每一个字都醉醺醺
而且不会东倒西歪
尤其他骑自行车的时候
很平稳也很放心地把一个时代驮在背后

我们去外地实习
得到的一点补贴,全被他换成了啤酒

文凭拿到后他去了杂志社广告发行部
这个工作距离酒瓶子太近
他的工作很自然变成了喝酒

所有的梦想都被灌醉了
他觉得只有这样才能享尽艺术人生
同学、文友不时聚会
常常有人倒在他的故事里
后来,他的手不好使了
夹不了菜也握不住一个文字

老何走的那天很突然
跟一部小说的结尾很相似,可惜
他没倒在酒桌上有点不太尊重艺术规律

阳光明媚的一天

知道吗,这一天我等了将近一个冬天
那么多阴霾的日子首尾相连
阳光杳无音信
我寂寞地走在飘雪的街心花园
汽车喘着粗气,背着笨重的积雪
整座城市都坐落在厚厚的冰上
一不小心就能滑到天边

这阳光明媚的一天啊
驱逐了所有的灰暗
我要在这样的一天里
放飞一个个明亮的梦想
做一件件干干净净的事情

然后,紧紧依靠着白桦树仰望蓝天

直到阳光扑面

直到我也成为即将到来的春天

睡下铺的男孩

K294 是一列普通火车
我购票时只剩了上铺位置
奇怪的是
中铺以下都是年轻人
他们的胳膊腿，好像出了时代的问题

一对老两口其中一人也是上铺
他俩转来转去，不断搭讪
我用余光看见中铺已经盖上了被子
表情也盖得挺严实
下铺的小伙不知何时闭上了眼睛
他看不见老两口的年龄
看不见现实的陡峭

刚才他还侃侃而谈
见过的大世面跟他的小岁数严重不符
那种与生俱来的富贵气
让全车厢魂不守舍
后来我发现,他不管说到哪儿也离不开下铺

我爬上来后不久
老太太也顽强地躺在了我对面
她很兴奋,觉得一下年轻了不少
自己表扬自己半天
转过身去就鼾声一片

一列车的梦想
还没抵达终点
已经分出了上中下

有个人一直藏在身体里

从我懂事起,这个人就穿越梦境
在我身体里进进出出
他腾云驾雾,让依稀往事亦真亦幻
他让我哭让我笑
让我长成他的样子
我不知道我的爱是不是源于他
我有那么多烦恼忧愁和困苦
他却躲在里面不出来
读了万卷书,走了万里路
经历之后才发现,一切梦想只为找到他

崇山峻岭山河湖海他任意遨游
我无法随他上天入地,浑身伤痕累累

只有深夜来临,我仰望星空
放下所有疲惫才能看到熟悉的星光
我恨他躲躲闪闪不敢示人
又恨自己缺少勇气面对现实
每次我痛打自己的时候
他都躲在身体里偷偷冷笑

大年初一

这一天大街上车少人稀
我甩开膀子摇摇晃晃
脚下踩着崭新的一年
迎面是极度喧嚣之后的疲倦

我两袖清风
什么都抓不住,包括大年初一
在小区拐角处
我看见两个女人,围着垃圾桶
她们穿着整齐
我以为前天大清扫,误扔了什么贵重东西
但走近一看,旁边有摞好的废纸箱,还有饮料瓶

她们包裹很严，故意遮住面部
只将背影对着我
可我还是看出了繁华背后的暗伤
也知道有一种尊严
叫大年初一

赴 晚 宴

中午这顿餐刚刚结束
又要穿越大半个城市赴晚宴
对食物的交口称赞,对生活的溢美之词
尚留余香在唇边
可是,美好太多了也难消化

此时华灯初上,大街流光溢彩
医院的标识,红得很平静
临街的住院部正灯火通明
吊瓶在给整座城市输液
今晚的酒度数太高,容易兴奋的年代
抑制不住冲动
许多奇迹毫无征兆被创造出来

虽然早已两鬓斑白
只要将自己的病放到桌子底下藏起来
也敢与这个夜晚
干杯

忽然间就思绪万千

说着说着话就没了
想起黛玉,想起她不停使过的小性子
其他姑娘们一边嗑着瓜子
一边说着世间百态
只有她倚着诗稿,身上散发药香味儿

那里的冬天
距离我这里很近,诗会那天的雪飘了三百多年
我曾试着写了几首诗,却因押不上韵而作罢
潇湘馆里的竹林,早已被规划
荣宁两府占据了主要黄金地段
往左去,能到唐宋元明
往右来,亦有民国风流

我住在命运的十字路口

时间来来往往，恩怨情仇总会如约而至

红绿灯下，鲜有安步当车

每个人的爱，不断起步停车

然后，再擦肩而过

想着想着就惆怅了

宝二爷现在是我邻居

他不停换着女朋友，她们个个都像宝钗

没有黛玉那样的小性子

他整天喊着要出家

黑暗呼啸而来

我放弃了所有挣扎
黄昏用苍老的声音
开始喋喋不休地教训

黑暗如千军万马
包围了我最后的希望
世界已悄无声息
慢慢拉上了帷幕
属于我的一场好戏结束了

这是公元二〇一二
我不知道自己是个什么角色
只能坐看日落

任凭黑暗一点点侵蚀
微弱的思想

从古典艺术
一直到抽象的视觉
画面一团糟
根本分辨不清每个人物
直到黑暗把一切
席卷而去

躺在阳光下

就这样我打开了自己
袒露一个没人想知道的秘密
每一个器官每一寸肌肤
都真切体验到外面的温暖
我的内心早已消失在水天一色

我是蓝色星球的孩子
每一次蔚蓝色的呼吸
都与大海有关
每一次潮汐都跟宇宙相同
我的秘密埋藏在沙滩里

我被阳光看透
五脏六腑和纵横交错的血管
脉络清晰
每一块骨头都铭刻远古的记忆
其实我是透明的
任何杂念会遭到时间的耻笑

只有在阳光关注下
我每一寸肌肤之上
都成长为一片片郁郁葱葱的森林
每一根汗毛
犹如参天大树
这是隐蔽的世界
总有一天要为人所知

我的每个器官
都无法真实可信
看过工作原理
仿佛生命就是一堆组装的零件
冰冷而且缺少意义

大年初四的夜晚

夜色并不是很深
我们一度热烈的酒局还是云散了
老同学明天又要离开故乡

从饭店出来
我伸手摸了摸夜空
竟然没有一丝鞭炮的痕迹
我没开车
就是想多喝点酒
然后在往事中找回自己
找回那个翩翩少年

但老同学们的回忆中
我很小就满身瑕疵
一个不讨人喜欢的小家伙
再到不讨人喜欢的老家伙
我感觉找到我自己了

我决定走回家去
在路过商厦时
我突然找不到路了
前几天这里人山人海车水马龙
如今空无一人
商厦仿佛飘浮于广场之上
周围充满无始无终的时间

站在昔日旧楼下

我凝视这熟悉的气息
平整的沧桑,没有一丝缝隙
阳光只有撞在这样的墙上
才会产生久违的温暖

我看见一个少年,双手插兜
很寂寞地站在大门口仰望蓝天
他不知道,那年匆匆离开这座楼
从此失去了所有的纯真

一座旧楼能装下多少陈年往事
老邻居们都躲在阳光的后面小声嘀咕
那个少年再也没回到这里
因为没有谁能轻易敲开时光之后的门

很多人曾经在这座楼里留下过生活
可生活好像什么也不打算留下
楼虽然旧了,照样有崭新的少年出入
只有我的悲伤彻底让水泥凝固了

那个充满理想的少年
被理想留在了远方,旧楼常常出现梦中
我和少年不再肩并肩同行
站在旧楼下发觉年轻是一件多么奢侈的事情

时常触摸空洞

我终于发现时间有漏洞
从过去钻进去,再出来就能到现在
中间发生了什么?

那是一个黑暗潮湿的过程
思想被深埋,蛰伏太久了
我不知道自己其实蜕变成一只蜻蜓

那不是清高、孤傲
落在枝头也不是宁静的风景
杀戮一直在我不知觉的状态下发生

天空依然湛蓝,往事飘浮在白云之上
我最终被一颗童心捕获
那个孩子把我拆开,想看看内部构造

我是一个空壳,很轻很轻
任何一阵风都能让我摇摆不定
肋下的蝉翼让卑微重生

我摸不到自己,中间隔着虚伪
那些青春岁月根本禁不起有力的推敲
我仿佛看见自己飞起来就再没落下

与那些死去的人度过短暂时光

只在这一刻,那些熟悉的场景重新温暖我
电影是门真正艺术,摄取了灵魂,还能时光倒流
我拿着一张买来的票,不知等待一场故事片
还是准备搭乘开往天堂的列车

周围的操场空无一人,天却蓝得足以丢掉幻想
一只皮球擦过时间被踢出少年时光
闪亮的幸福能巧妙复制,昔日重来
紧巴巴的日子
包裹着谁都不需要稳稳当当安放的心灵

从一穷二白里走出来,把文字当奢侈品压在箱底
突然又翻出来一把火烧掉

再踩上亿万只脚随意践踏
我坐在抽象的古诗词意境边缘
伸手插了几条唐代的柳枝
一个田园牧歌的时代就与我擦肩而过

那些贫瘠的记忆即使再次出现，也是如此苍白灰暗
没有今天热闹的背景和气势宏大的进取精神
但这些人都视而不见，也不与我交谈
好像真没什么可说
也许，每个梦都不值得大惊小怪

一个梨子的认识

转眼秋色就涂满了表面
光滑中,也有黯淡斑驳的沧桑
许多青涩辛酸往事
陆续沉淀

春天的繁花怒放,甚至招蜂惹蝶
还有夏季的热情奔放
每一滴甜美的记忆
都从内心无限晕散

面对一双情侣,和一把短刀
谁也不敢轻易分开一个梨的身体
不敢将梨的血液溅到味蕾上
然后从一种幸福勇敢过渡到另一种幸福

城市被晨雾遮住了身体

我的梦,曾经一度裸露成癖
醒来却梦想终于成真
盛着我躯壳的该死的城市不见了
如此喧嚣和嘈杂
被席卷一空,灵魂睁开了双眼

若隐若现的高楼大厦,如亭台楼阁
住着我失去的所有记忆
任何一条微弱的线索,都能把我
分解成一场亡命的流星雨
那些神话仿佛都与水有关,包括晨雾

找不见自己的城市,没有彻底慌张
海市蜃楼不出售商品
被继续下来的生活真有成仙的可能
我看不清,却依然存在的规则
能让现实水落石出

欧洲海岸的小巷

有时,历史会从小巷里愣愣地冲出来
曲曲弯弯,再伟大的思想也有碰壁的时候
可走出去就是另一番天地

马可·波罗从中国的江南水乡逶迤过来
欧洲的世界此后就不再如此局促
东方的神秘,将小巷拉得悠长

有时,时间陷入了艺术的包围之中
任何人都可能走不出小巷的沧桑
油纸伞依然在等待
一个丁香花一样的女孩儿

高大挺拔的城市，被小巷注释得十分优雅
广场、码头、火车站也许都在前面
一个人的梦，经过了曲折，也可能在尽头

黄昏的时候，流浪到此的疲惫由夜色收藏
漂泊的心，终于看到归宿，拐弯就能到达
遥远天涯，始终有蔚蓝的涛声指引

此时此刻，在一座陌生城市的小巷
遥想久违的祖国，然后抬头仰望异乡的星空
生命的意义毫无征兆地分外灿烂

火车逃离夜的追逐

一次次拼命提速,是整个人类想缩短黑暗的距离
我穿过密不透风的车窗飞身而下
黄昏,已经美得一塌糊涂
我知道,所有浪漫也都已不可收拾

精彩绝伦的表演,必须由夜色吞没
一大群不肯轻易退出舞台的人
坐上了梦想列车
灯火通明,目标明确
每个站台都有人悄然离去,也有后继者登车

我升到半空,看见铁轨紧紧勒着狂奔的火车
所有人都迷信屏幕上显示的速度
以为睡一觉就能乾坤颠倒,脱离引力
然后变成一个,机械冷静的现代人

穿过昔日的大街

与昔日有关的人都不见了
那么,昔日就只剩下一个概念
一个少年和一个少女
一场电影和一条走不完的路

大街两边的历史建筑还在
很多细节的地方,被房地产开发了
整个背景充满岁月沧桑
头上的蓝天白云,也显得变幻莫测

那些纯情仿佛来自远古
不换一种心情,很难读出感觉
一条凝固了音符的大街
走一走,就有旋律轻轻回响

城里的稻草人

我看见月光已经照进城市的内心
如水的夜色停在大街两旁
昨日繁华渐渐入睡
还有行人,还有车马走过的喧嚣
整座城市经受余音回荡
灯红酒绿,终于阑珊
一轮明月被酒杯托起,又被一饮而尽
九曲回肠的路,只能通向明天
我站在广场的广告牌上
潇洒地等待购买
欲望蜂拥而上,扒掉华丽的外表
属于我的梦想
究竟能经历几度春秋

从医院出来

从医院出来
迎面就碰上了春天

那些花花草草
还有各种各样的笑容与平静
一下就回到了熟悉的生活

没有人知道我内心的明媚
就像没人知道一纸病危通知书
会压垮整个夜晚

头上所有的星光都被吸走
我经历着一个人所有思考最苍白空洞的时刻

一呼一吸之间
亲情千回百转
插满多少导管才能维持恩怨

从医院出来
谁能知道我有多爱这个世界吗

五行之木

不可或缺的历史

一旦五行缺木
必少葳蕤
哪里会是中华精气神

牢牢扎根字里行间
任何风吹草动
能左右一把椅子的平稳
油亮亮的光
折射出命运的纹理
衔接时间的榫卯,严丝合缝

每个王朝都希望坐得四平八稳

所以中庸被揳进生命

一呼一吸

反复吐纳

咬文嚼字描绘的钟鸣鼎食

摆在了举案齐眉之上

承托高雅,散发文明

可以成案,可以成几,可以成床

还可以成琴,亦可闻其香

一炷香,一曲忧伤

美丽红木

历久弥新

纤纤弱指也能弹出日月之光

丹 顶 鹤

仿佛把一个红彤彤的太阳顶在头上
这足以让先民浮想联翩
至于丹顶鹤怎么想已不重要
洁白的羽毛、高贵的步伐、一飞冲天的理想
从尘世到天堂,往来人间的使者
恬静的样子很像儒雅又刻板的士大夫
拿起画笔,自然松鹤延年
千年之约不过是长空中几声鹤鸣

向海的丹顶鹤,已从神话传说里坠落
低矮的笼子,肮脏的环境
丹顶鹤望着眼前被分割的天空
不再渴望腾空而起

不再为觅食四处紧张奔忙
当年大辽四季捺钵时
矫健的海东青疯狂追捕天鹅和丹顶鹤
辽兵的利箭轻易穿透了东北
穿透丹顶鹤的高傲
宁可死于蓝天，也不愿被豢养湖畔
历史总是匆匆忙忙有点不辨南北东西
历史也总是自我选择，且一直振翅高飞

光影世界

如果历史可以复制

那么，一切都能再现辉煌

如果往事可以重现

那么，遗憾就不必挂在心上

如果艺术可以永恒

那么，光影能够直达梦想

记得儿时看露天电影

看影片之上的星空

看一个时代的单纯美好

也看自己的那个小小心灵

多少梦想从电影开始

多少故事与电影有关

多少青春年华被宽银幕放大
多少奋斗拼搏只因心中
有个崇高形象

啊，光影世界，亦真亦幻
现实里的苟且
往往被蒙太奇转成诗与远方
那些音容不老的演员
永远活在耳熟能详的剧情中
甚至某些经典台词
穿过岁月曲曲弯弯的长廊
没有一点迷失遗忘
老去的只有黑白胶片
不老的是那些曾经的时光

明知人生难免虚构的地方
可艺术总能让残缺
绝处逢生
能够化腐朽为神奇
瞬间让人类产生共鸣

啊，光影世界，与现实平行
走在每个人的前世今生

如果历史可以复制
那么，一切都能再现辉煌
如果往事可以重现
那么，遗憾就不必挂在心上
如果艺术可以永恒
那么，光影能够直达梦想

候车大厅

一个陌生的女人就坐在我斜对面
她很漂亮,跟一位年长女性聊天的样子很生动
无奈候车室太大,稀释了她的声音
有些生活内容就这样轻易被忽略掉了

我熟悉所有美好的东西
她不停地说话,不停地美丽
我对她也不停地了解
直至她完全成为一个东北女人
一个性格鲜明、面容姣好,心地也会善良
是我最熟悉的那种女人

广播一遍遍催促检票

我终于心满意足站起来

走向远方

青铜里的爱情

千年之爱,一定会将真情
注入青铜
相比海枯石烂
把誓言刻上铭文
每个凝固的钟鼎字,都有岁月回响

那幽幽青绿,像爱过之后的春天
晶莹、透彻,不再如此刚硬
太过漫长的相守
允许爱情产生红斑绿锈
甚至允许爱情的裂缝和剥蚀
就算浇注了青铜,爱情延伸到极限
也会慢慢冷却

然后一点点变成渣,化成尘埃

那些曾经的誓言,在青铜里生长
依旧努力放光
照破山河的万古之恋
一定会受到青铜礼器般的祭祀

第 五 辑
生命的金属光泽

流水线上，我是一件工具

很多时候被流水线冲刷得很干净

忘了思想还可以存在
每天重复一个动作，不是把空间挖深了
而是让时间惯坏了
自己成了生产的一个环节
哪怕血肉之躯
也能百炼成钢
成为闪光的金属部件
甚至成为一把得心应手的工具

我上下翻飞
为完美的汽车工业舞蹈

每个节奏都迎合着时代的喘息
尽管每个动作的幅度由我来掌控
但每辆车都有各自的驾驶员
能不能驶向未来,跟我的动作无关
所谓质量,已经掩盖了思考的光泽
标准会将我轻易设定
理想究竟太快还是太慢
历史走到这里,起步还是停车

我站在流水线上,时光如潮

一辆车上的小部件

一辆轿车大概有两万多个部件
如果加上螺丝,很可能超过三万
所以轿车曾经昂贵
每个零件都比铜板更有分量

后来手工被替代了
独具匠心的制造被千篇一律压缩了成本
我以很低的成本走进工厂
真正的价值,或许是每辆车的三万分之一
再按照年产几十万辆除一下
那么,可能微不足道

另外,从自身的能力和所处的位置看去
我也只能担当一个螺丝钉的角色
可那么重要的发动机、变速箱
还有车厢和各种电器都需要固定
我得牢牢存在,也是板上钉钉
一个螺丝决定一辆车的命运
我的丝毫松懈都可能造成车毁人亡

紧紧固定了梦想
才能风驰电掣放手一搏

背靠厂房

只有这样仰望蓝天
才感觉天不会彻底塌下来
翻滚的浓烟,白云一样飘过头顶
整座工厂都在沉重地呼吸

其实,我依靠的厂房
也在不可抑制地震颤
从体内的血液沸腾扩散到灵魂激荡
我发现自己,渐渐被厂房
吸进厚重的墙壁
成为一块二十世纪的深红色的砖
没有丝毫可以转身的缝隙
躲在定格的年代里

看理想被制造出来的过程
最后的浪漫早已完成了机械组装

虽然一切都在颤抖
工厂依然那样坚不可摧

天空飘着细密的粉尘

这时,我才看清工业化的结果
空气中已经遍布了足以影响未来的种子
我敢确定恶果凭空就能生长
起码能长成令人畏惧的矽肺

一个老工人的遗愿
死后切开他的胸膛,看看什么让他无法呼吸
医生取出他的肺
据说,刚放到托盘就散碎了
我不知道空气中的粉尘
怎样夜以继日把一个鲜活的肺彻底沙化
那些细细的沙子,轻飘飘像美丽的谎言
给一个充满梦想的青工

建了一座海市蜃楼
这个远在天边的城市美得让他无法呼吸

我于午后时分走进铸造车间
熊熊烈火，将一盘盘散沙变成坚固的砂型
铁水沿着固定的型腔缓缓流动
多么坚硬的东西都已被驯服
沙子绝望地叹了一口气
诅咒就停留在了空中

往事散落工厂的中央大道

与其在上面蹒跚而行
还不如躲在旁边的草丛中冷静凝望
宽阔的大道,足以容下任何匪夷所思的历史
一个时代露出了特有的横断面
往事很难再完整地走过一遍

记得当年彩旗翻卷,锣鼓震天
单纯的人们以为沿着这条大道就能通向云端
很多鲜亮鲜亮的时间被聚集到这里
青春经过机械加工,组合成速度
这种可以操纵距离的物体又被贴上流金岁月
很多人物从这里呼啸而过
那些新闻都没有注意大道两旁的细节
没有关注散落的内心感受

有个女工弯腰拾起了一枚遗失的扣子
肯定有一个敞开的情怀
没被那个年代系住

女青工的爱情

如果幻想在一片钢铁中生长爱情
那可不是承受一般的沉重
闪光的金属,铿锵的年华
任何浪漫的想法都很难挪出工厂

所以她的爱情很现实
放到一个指定的地方就能坚如磐石
就连见面约会也像完成一项分内工作
她也曾想过找一个知识分子
这样生活起来或许不会硬碰硬
可一个强壮的青工,挡住了她的退路
她突然明白
这一生只能选择有分量的命运

婚后她果然生了个大胖小子
小家伙紧攥的小拳头像一件榔头
狠狠敲打她平庸的日子
每天霞光照进厂房,照到她的机床

笨重的零件都能闪耀七彩光芒
她觉得一切发生了改变
从没注意过的春天
也随着机器轰鸣涌入她的心间

退休后的总师

汽车从没在他血管里稍作停留
他的思想一直燃烧，推动着一个车载的时代
世上所有的一切在车轮面前都变得格外短暂
儿子好像一夜之间长大
然后去了国外，小孙子根本不知道中国汽车
只有他一个人相信自己能用国产车
铺展高速公路，和现代化所需要的速度

退休对于他没有任何界限意义
每天去工厂已经成了生命存在的形式
单位要给他补助他不要
给他配车也不要
自己就是一辆昂贵的老爷车
穿越时光，行驶在新旧交替的世纪

为了他厂里成立了一个科研部门
一群年轻人紧紧围绕着他，仿佛围绕着
一盆就要熄灭的炭火
他为了贡献余热，不知浪费了多少资源
那个曾经的时代早已远去
一腔热血转化成一腔汽油
他把自己彻底燃烧的那一天
很多人看到，汽车带着他的灵魂飞驰而去

免费的午餐

直到吃午饭的时候
我才感觉肉体存在的强大
气吞山河,钢铁也能消化
一点一滴凝固成汽车、城市还有风景

米粒造出了最沉重的灵魂
飞奔起来那种无拘无束惯性很大
只有利用一顿饱饭来踩住刹车
就算人是铁,饭还是钢

现在没谁跟一顿午餐反复计较了
但这顿饭在跟一个企业计较
跟一个管理模式计较
也跟一个观念没完没了

我于午餐之后走上了装配线
每一辆轿车都显得雍容华贵
很像没准备好就一夜暴富的绅士
依然拘谨地走在计划里

嘴里的辉煌

一部建厂史,从陈列的橱窗中成功突围
很多细节被划出血倒在了路上
真相经过时间的折磨开始言不由衷
那些青春之歌
躲藏在我的耳朵里,等着成为绝唱

只有走进共青团花园
才会看见退休老工人聚在一起
把这部干巴巴建厂史,与有血有肉的人联系起来
一砖一瓦恢复了二十世纪五十年代

火红的人物,带着时代烙印
奋力推开历史的阻挠
跳进一群退休老工人的嘴里
让那些口齿不清的声音
将当年唤回

东北：生命里的工厂

这座厂子始终压在我心上
庞大的底座能左右民族工业倾斜的方向
我体内是否平衡
往往决定了一个时代的健康水平

一

笔直的烟囱，粗壮的水塔
那是我的大口呼吸
吞云吐雾和云蒸霞蔚都是同一个景观
何不从风和日丽的角度眺望呢
这样，心情会好起来，干活儿也轻松很多
我承认我的肺部出现过阴影
每一次咳嗽，都让大地为之震颤

可我还年轻,相信治愈的日子不会太远
生命于一呼一吸之间
有节奏的轰鸣就是工厂的脉搏
能在喧嚣中进入禅定状态
那一定是中国制造

二

所有的规章制度都是黑体字
挂在了最醒目的地方
迟到的处罚其实也保证了效率
我的生物钟很准,没有错过历史的机遇
任何一个微不足道的努力都可能成为共和国的记忆
就像儿时,我是这家工厂的子弟
站在一号门的广场沿着中央大道向厂里张望
巍峨的苏式厂房,郁郁葱葱的树木
历经火红年代之后到处一片苍茫
依旧繁忙的流水线,暗蓝色工装的海洋
机床轰鸣了半个多世纪,一直高谈工业理想
我知道我的心跳和这座工厂一模一样

我的奔跑就是工厂的奔跑

我的希望就是工厂的希望

三

直到有一天，工厂的标语口号换新了

我要试着消化国外的图纸

一不小心尝到了甜头，整个时代随胃口膨胀

急匆匆地追赶难免造成消化不良

我与工厂同呼吸共命运

工厂感冒，我一定会发烧

那是一个民族奋发前的群体温度

高烧过后人人都成了一块炙手可热的炭

纷纷投给了属于中国的世纪之炉

四

日复一日地生产，工厂本身累积了大量毒素

我不得不按时服药清理体内垃圾

自我完善的结果就是工厂不断升级

最后达到自己有点不认识自己

这时,才感觉需要有一种哭泣排除内心的冷寂

我的爱已经被电脑设计

我的情被困在装饰一新的办公室

热火朝天的场景,锣鼓喧天的文化

被锤炼成一个金属符号

很坚硬地抗拒着越来越炫目、越来越柔软的日子

尽管工厂已经先进无比

我还是不会轻易忘记过去

五

工厂在我的血管里流淌

有点沉重,有点忧伤,甚至有点悲壮

我从不担心发生堵塞或者大面积崩溃

充满弹性的信念

一直走在王者归来的大道上

不断制造出来的养分,堆积在神话传说的后面

任何一个梦只要踏进了工厂

就能从最朴实的原料,加工成带翅膀的产品

实现那无数人渴望了百年的飞翔

拥有梦想的年代,注定走过铿锵岁月
我的生命被工厂拆分、组合,镀上金黄色的边
然后延续、延续,直到面对疾病与衰老
工厂就是制造生命的地方,不会有死亡
我更像某种遗传基因可以批量生产优质的理想
当工厂达到天人合一境界
我,还能放出璀璨的光芒

一个受伤的青工看急诊

他被担架抬进来
紧闭双眼,仿佛在想与身体无关的事情
苍白的脸,衬出血的鲜艳
工友们小心翼翼
唯恐他的疼痛,超出担架范围

好半天,大夫不紧不慢来了
抬了抬受伤的胳膊
他闭着眼咧咧嘴,痛苦的表情堵住了大门
人们围拢过来
猜他的年龄和受伤程度

有个工友小声提醒大夫的动作幅度
大夫冷静地说，没事，实在不行就换零件
几个强壮的小伙子面面相觑
都没敢发出金属的声音

救护车呼啸而至

又一个老人被送来
这个冬天很寒冷,建厂时期充满激情的年代
像一座庞大的城堡被一砖一瓦肢解
每块砖都受到了入骨的侵蚀
岁月早已疏松,无力支撑太过红火的记忆

他此时处于昏迷
出血的位置,正是抗美援朝胜利的日子
脱下军装就来到这里参加建设
一腔热血,总在不停寻找喷发的出口
直到有一天退休突然降临
他才意识自己活了一大把年纪

足够那些年轻的战士,再牺牲几次
闪烁的灯光,急促的呼救
他仿佛看见时光正从战场的另一面席卷而至

人来人往的就诊大厅

常常有一种错觉
这里川流不息很像繁华商场、超市
仔细观察就会发现
很多人来这里都带着一样东西
那就是疾病

显微镜下能看见细菌的猖狂
无影灯里手术刀剖开藏匿于五脏六腑的罪恶
一呼一吸之间
无数杂念被冶炼铸造
然后形成毛坯,再经过车钳铣刨磨
加工成品组成一个系统
推动整个社会

机械的繁衍已如流程
日常的行为标准被钉在墙上

不为人知的世界里
没有机器轰鸣,却有善恶的剧烈争斗
一个人的轰然倒下
有着难以理解的因果关系

在医院碰见熟人

这里看见熟人感觉格外亲切
希望对方马上像熟悉自己一样熟悉自己的病
然后,还希望对方能分担点忧愁
或者希望听到对方的病能比自己的更严重
交换病情像交换友谊

很多过去不被珍惜的东西
在这里,从另一个角度获得了加深认识
从没听说过的医学名词和指标数据
记录着一个人行进中的生命信号
很多人开始了解生活在自己体内的朋友

这些长期被忽视的友情，
有的因爱生恨
已经悄悄变质
从一个宇宙到另一个宇宙
就像一个人
从一扇门穿过另一扇门

从这里出去的婴儿

在父母春天一样温暖的怀抱里
不仅有乳香、汗渍,还有机油、炉火
和金属散发的味道

小小年龄就开始遵守工厂的制度
母爱被严格的工作节奏所规定
搭在流水线上的童年,急促又富有弹性

从职工医院到子弟小学
再到子弟中学,相同的履历批量印制
长大以后的命运却千差万别

更多孩子最终还是走进了这座工厂
单调地重复机械的日子
莫非人的一生真有命中注定这个玩意儿

我的左邻右舍

前些天回老宅看父亲,得知左邻右舍陆续搬走了
我只好孤零零站在寂静四周的正中间
看时光进进出出楼道每一级台阶
直达往事

这些老宅建于二十世纪五十年代初
坚固的苏俄式的陈旧与苍茫
当年那些热血澎湃的年轻人
把青春交给了火红的工厂
回到家属楼重复做一个梦
日子很快锻造成型,不易弯曲

左邻顾家是来自上海的知识分子

吴音软语里透着数学的精准

每一句都按公式推导而来

结果却计算错了一个时代

他挨批斗的时候，腰弯下多少度，曾被反复强调

顾家有女初长成

很早就送回上海老家了

上学的时候才回到东北

她读书时的样子像一块大白兔奶糖

很甜，很洋气，也很怕融化

所以毕业就回了上海

嫁给上海后回来一次，比上海更漂亮

我对上海最美好的印象永远停留在二十世纪七十年代

停留在少年洁白的遐想里

顾家住在这里半个多世纪

搬走了，却把影子落下了

那极其认真的吴音，准确测出了知识的力量

右舍王家是本地人
祖上关系复杂,有人当土匪,有人当国军
还有当权的大干部
王家的儿子兼具各种人物性格
时代风云汇聚一身
正当风生水起之际,一头又扎向深圳,成了拓荒牛

几十年过后,王母终于病倒
深圳的钱和贵重的药穿越大半个中国
抵达的那天下着雪
一本书也刚印出来,题目叫"东北咋整"
一个病入膏肓的老太太,望着窗外,一言不发

王老太太卧床十年
死的时候身体如婴儿,很轻
身上所有的东西早早飞走了
她忘了儿子在深圳,钱多得比她的病还重
最后也忘了伺候自己的女儿
她像个陌生人离开

王家的儿子带走了唯一的妹妹

这里不再是他们的家

深圳能够安住

这么遥远的心灵吗?

即使我踏上深南大道

也不能指望与他们兄妹相逢

就像我去了上海的南京路

也不幻想听到老顾的吴音

我不管怎样左顾右盼

也找不到当初左右逢源的亲切

楼前楼后的花园,树木早已参天

蓝天白云依然崭新夺目

只有抚摸着留给我家的那些旧东西

才相信有过这样美好的邻居

呼吸急促

每次进入厂区,我都感到呼吸沉重
空气里飘浮着金属的体味
血液中也掺进了优质机油
害怕电闪火光,已经成了多年习惯

生生死死,在一呼一吸之间徘徊
要么气喘如牛,要么气若游丝

我小心翼翼躲避这些沉重的生活
可记忆如铁,稍一回首
就能造成大面积内伤
流出的液体异常危险,令人望而却步

这工厂仿佛从小就移植进我的身体
以后越长越大，占据了思维空间
子弟学校讲述的知识远远少于天真快乐
那粗壮的水塔
原来一直静静吸收我的魂魄
然后，岁月中最熟悉的那部分顺着烟囱飘散

昨天还在操场上奔跑
那呼吸的频率能带动一台机器运转

当青春猝不及防绽放
我的爱瞬间掉入钢花飞溅的铁水中
冷却如此漫长
让地老，让天荒，唯独没能让她放弃加工
飞旋的车刀是双刃剑
直到她也熠熠生辉，焕发金属光泽
黄昏之后，工厂悄悄展现雌性的美丽

有着特殊气味的爱情
注定有无法移动的背景

工厂在我身体里不慌不忙地发展
我与这庞然大物同呼吸
吐出的云朵,不会飘向住着神仙的大山
任何轻松都是对工厂的背叛
那么爱呢,纠缠在钢铁里注定头破血流
我幻想徜徉文字中间
也被各种会议通知一寸寸打断

我不得不拼命思考
创造和制造,哪个更与我相像

那么多规划,足以让地球犯愁
欲望被无止境批量制造,我渐渐呼吸困难
很多难以消化的理想已经翻脸无情
铁轨旁边的野菊花,寂寞了多少个春天
灯火通明的流水线倾泻了无数年华
其实,很多跟我一样的人被不同的职称
分别固定在轰鸣的机器上,疯狂碾压自己

盼不来一个天外消息
突然感动基础坚固的工厂

工厂已经不再需要我纤细的养分
有一种脱缰的力量,不停冲击内心的院墙
工厂大门一直为利润敞开
我的一厢情愿,从未大大方方走进来
从未戴上安全帽受到应有的保护
似乎没有人能左右制造业的滥杀无辜
有些人暗地里早已手刃道德
还设了层层关卡,令笨重的工厂无处可逃

我的泪终于风干
平庸把平庸吞噬了,我在钢与火中重生

身披机械盔甲,手握工业灵魂
一个民族庞大的身躯正走向何方
神话曾被制造出来
制造曾被神化了很久
时间会不会坍塌,厂房能否经得起风吹雨打
什么才是最完美的进化
概念被反复锻打,确定一个真理,需要高超技术

只有把自己点燃

将人格四分五裂,才能查出工业化的后果

我的童年和少年都埋在厂区

很少有时间把他们扶起来深入交谈

直到当初的信仰走进了日常生活

我的锋芒终将自己刺破

爱与不爱,这些钢筋水泥已包围了工厂

工厂包围了机器思想

机器思想冲出包围

给出了冷静的方向

暮 色

孩子们的呼叫,在这一刻开始加深起来
那时的厂区错落有致,还没被后来的岁月挤变形
童年有一个共同的小名
每个人最后都让母爱喊回了家

回到那个灯泡昏黄的屋子里
我的玩具堆满角落
有些已经褪色,露出斑驳的铁皮
很像苏联人援助的工业
远处的水塔和烟囱
利用夕阳一抹余晖,继续加班
继续保持工厂的云蒸霞蔚

灯火辉煌的厂房
传来一个铿锵且单纯的时代